明理故事

MINGLI GUSHI

良好性格 美好人生

《明理故事》编委会 编

四川科学技术出版社

图书在版编目（CIP）数据

明理故事·良好性格　美好人生 /《明理故事》编
委会编. —成都：四川科学技术出版社，2016.5（2017.5 重印）
　ISBN 978-7-5364-8289-0

　Ⅰ.①明…　Ⅱ.①明…　Ⅲ.①故事—作品集—世界
Ⅳ.①I14

　中国版本图书馆CIP数据核字（2016）第012955号

明理故事·良好性格　美好人生

MINGLI GUSHI · LIANGHAO XINGGE MEIHAO RENSHENG

编　　者　《明理故事》编委会

出 品 人　钱丹凝
责任编辑　肖　伊　郑　尧　欧　涛　陈敦和
封面设计　法思特设计
责任出版　欧晓春
出版发行　**四川科学技术出版社**
　　　　　成都市槐树街2号　邮政编码：610031
　　　　　官方微博：http://e.weibo.com/sckjcbs
　　　　　官方微信公众号：sckjcbs
　　　　　传真：028-87734039
成品尺寸　**168mm×238mm**
印　　张　10
字　　数　180千
印　　刷　四川省南方印务有限公司
版　　次　2016年5月第1版
印　　次　2017年5月第2次印刷
定　　价　28.00元
ISBN 978-7-5364-8289-0

邮购：四川省成都市槐树街2号　邮政编码：610031
电话：028-87734035　电子邮箱：SCKJCBS@163.COM

前言
PREFACE

　　大脑开发的全面性、及时性和科学性，只决定智力的高低；而性格品质如何，则决定人一生的命运。优良的性格品质是人才成长最积极的因素，它能够主导一个人发展的方向，而不良的性格乃至恶习则是一种破坏性力量。我国有句古语："积行成习，积习成性，积性成命。"西方也有名言："播下一个行为，收获一种习惯；播下一种习惯，收获一种性格；播下一种性格，收获一种命运。"由此可见，性格对生活、对人生都起到了至关重要的作用。性格不同，就会在待人处世上表现出差异性。

　　我们只要细心观察就不难发现，面对同一个挫折，有的人觉得无所谓，不在乎，有的人则认为了不得、不得了；处于相同的逆境之中，有的人镇定如常，坚韧不拔，依然保持向上乐观的态度；而有的人则沮丧忧虑，坐立不安，甚至精神崩溃。不同的性格，便结出了不同的人生果实。那么，在我们的生命成长和学习生活中，应该培养什么样的性格呢？哪种性格对于我们的成长有帮助呢？

　　世上没有一帆风顺的人生，更没有轻而易举的成功；在人生的旅途

上，即使是小小的收获，也要付出艰辛的努力去争取。在理想的事业面前，只有那些性格坚强、乐观、自信、刻苦、一往无前、勇于创造、不怕牺牲和耐得住寂寞的人，才有希望到达成功的彼岸。

《良好性格　美好人生》这本书共分成七章内容，每章都向您独立阐述了一种重要的人生性格。全书共向您介绍了坚强、专注、独立、宽容、自信、责任、谦虚、无私、诚信、善良等性格，并通过对趣味故事、经典寓言的讲述和分析，为您总结出每种性格的优势和用途，供读者朋友们选择和借鉴。

本书将古今中外的优秀小故事、小寓言呈现在读者面前，让读者朋友还沉浸在对趣味故事的回味中时，就有了对每种性格的独特理解和认识。书中所选择的小故事同样蕴含着无上的智慧和耐人寻味的道理，读者在阅读这些故事的同时，也进行了一次次成功的心灵洗礼。对帮助青少年养成积极向上的性格，以及形成正确的世界观、人生观、价值观，都有着非常重要的意义。

在人生发展和学习生活的道路上，能够拥有一种或多种有益的性格，可以起到举足轻重的作用。朋友们，在你决定勇敢前进之时，请首先培养自己的性格，并坚持不懈地努力。

目录
CONTENTS

❋ 自己的命运当然自己做主

❋ 重新写一遍而已

✳ 自信是举世无双的法宝

✳ 没有什么是"随便"

❋ 饱满的谷穗总低着头

坚强将粉碎一切障碍

人生在世不会总是一帆风顺。当我们遇到艰难困苦之时，坚强的个性，是保证我们屹立不倒的最强有力的基石。

一片树叶的力量

　　玛丽曾经是个非常快乐的小姑娘，她特别喜欢唱歌和跳舞，并多次在学校的比赛中获奖，学校的老师和同学都非常喜欢这个快乐的小姑娘。但不幸的是，当小玛丽刚刚12岁的时候，她被诊断得了绝症，医生说她最多只能活一年。

　　由于病情加重，小玛丽感到钻心的疼痛，家人不得不把她送到医院里度过余生。春天过去了，夏天也过去了，秋天静悄悄地来临了，玛丽还在医院内接受治疗。看着自己窗前那棵树的叶子渐渐由绿变黄，进而一片片凋落，玛丽的心也越来越绝望。"当树上的叶子全落光时，就是我死去的时候了。这样的一天估计就要到了，但我多么希望能够再回到校园啊！"小姑娘这样自言自语着。不想这句话正好被一个从窗前走过的画家听到了，小姑娘对生命的热爱，打动了这位画家，他决定尽自己所能拯救这个小女孩。

　　于是他便画了一片栩栩如生的绿叶，趁玛丽熟睡时挂在了那棵树的最顶端。一个月过去了，病入膏肓的玛丽受尽了病痛的折磨，已经起不来了，她躺在小小的病床上，眼睛一直盯着窗前那棵树，感觉生命正从自己的肉体里一丝丝地溜走，就像树上的叶子越落越少。"等到最顶端的那片叶子也落了的时候，我就闭上眼睛，永远不再醒来。"玛丽盯着最顶端的那片绿叶对自己说。

接下来的日子，那片绿叶就成了承载珍妮生命希望的唯一载体。每天早晨，她睁开眼睛后的第一件事就是看那片叶子有什么变化。可是真奇怪，所有的叶子都落光了，那片叶子还是那么绿，那么坚定地站在枝头，一点也没有变黄凋零的迹象。"难道，难道上帝知道我是个好孩子，不想让我死？"玛丽这样想着，眼睛里便闪出了一丝希望之光。

寒冷的冬天终于过去了，像那片永不凋零的叶子一样，玛丽奇迹般地活了下来，并最终健康地走出了医院。小玛丽并不知道，挽救她生命的不是上帝，而是她自己内心中的坚强和对生命的渴望。

人生箴言
RENSHENG ZHENYAN

小玛丽最终能战胜病魔，源于内心坚强的力量。我们可以失去一切，唯独不能失去坚强的性格，它是人类生命与快乐的源泉。有了它，生命才能焕发勃勃生机；没了它，生命只会日渐萎缩。

一堂特殊的课

　　接连下了五天的大雪，今天总算停了，太阳露出了久违的面容。可是俗话说：下雪不冷化雪冷。虽说天气放晴了，但温度却更低了。前几天如冰窖般寒冷的教室，今天更冷得令人难以忍受了，全班的同学们都齐刷刷地站着，因为这样比坐着更暖和一些，而且大家也更容易挤得紧一些。同学们纷纷抱怨：天气太冷了！这样坐在教室里，根本坚持不下去啊！为了保持温暖，同学们纷纷跺脚搓手。

　　这时候，王老师走进了教室，这位老师向来以严肃冷酷著称，同学们可不敢招惹他。尽管大家都小心翼翼的，但王老师还是从学生的脸上读出了内容：好冷啊。

　　"看来大家都很冷啊，那大家都站起来吧！"王老师命令一般地喊道。

　　同学们惶恐不安地都站了起来。

　　"到外面排好队，我们去操场上上这一课。"王老师又接着说道。

　　"啊？"同学们都倒吸了一口凉气，"什么，去操场上上课？在这样的天气里？这还不被冻坏了啊。"

　　但是不管怎样，最后，在王老师严厉目光的注视下，同学们一个接一个地走出了教室。

　　操场上，大雪早已将一切都连成了一个整体。偶尔有些空隙，雪化之后露出了下面白白的地皮。孩子们身上厚实的棉袄这时似乎失去了它的作用，弄得他们个个像冻结的冰凌一般。

　　当大家排好队后，王老师面对学生们站定，然后脱下了身上那件黑色棉衣。同事们还未来得及惊呼，他又开始脱里面的毛衣。最后，瘦削的他只穿着一件单薄衬衫给同学们讲起了"课"。

　　"如果不出来，大家肯定以为自己是敌不过风雪寒冷的，可是事实上，现在大家站在这里，没有任何人会倒下去，包括我，对不对？同学们，我们为了学知识，没有什么苦是我们受不了的。只要你敢伸出手去迎接，敢抬起头去面对，任何困难都是可以克服的。我希望你们能够永远记住这句话。在大家以后的人生中遇到的苦难也一样，只要你敢于正视，你就会发现，其实一切，都不——过——如——此！"王老师最后拉长了语调说道。

那一天，每一个同学都支撑到了最后。从那以后，王老师的学生一个比一个坚强。

RENSHENG ZHENYAN

当同学们全部站在严寒中时，发现这只是一个非常容易战胜的小困难。生命中有许多伤痛并非我们想象的那么严重，而人之所以觉得不能承受，是因为过分畏惧或者正在用放大镜观察它。甩掉畏难情绪，坚强一些，奋力一搏，你就会发现：其实一切，都不过如此。

无人敢走的独木桥

　　著名的社会学家汤姆教授在一次授课中，带领他挑选出来的十名学生进入了一间漆黑无比的小房子，然后告诉他们："同学们，今天我们要在这间房子里做一个有趣的实验。我相信，你们都会很喜欢这个实验，而且会完成得非常出色。首先，请在我的引导下走到房间的另一边。由于屋子太黑，请大家紧紧跟在我的身后。"

　　说完，教授便拉起了排头学生的手，然后小心翼翼地向前走去，后面的学生也一个拉一个，依次走了过去，并没有发生任何意外。等大家都成功到达房间的另一侧之后，教授打开了房间的一盏灯。顿时，所有人都倒吸了一口冷气，几个胆小的学生更是吓得叫了起来。原来，这间房子的地面居然是一个大坑，坑里养着无数条形态各异的毒蛇，一条条目光如炬，有些还时不时向坑外的人吐着信子。大坑上方搭着一座扁扁的独木桥，刚才他们就是从这座独木桥上走过来的。至于刚刚是如何走过来的，学生们都不敢回想了。

　　"现在，你们当中有谁愿意再走一遍？"教授转身问学生，没有人回答。过了很久，有两个胆大地站了出来。第一个小心翼翼地走了过去，速度

比第一次慢了许多。随后，第二个也颤颤巍巍地踏上了独木桥，但走到一半时深感恐惧，最后，不得不趴在小桥上爬了过去。

两人都到达对面之后，教授又打开了房内的另外几盏灯，灯光把房间照得如同白昼。直到这时，人们才发现：独木桥的下方装有一张非常细密的安全网，只是由于网线颜色极浅，他们刚才才没看见。

"其实，我已经做好了足够的防护措施，即使一不小心掉下去，也不会有危险。现在，还有哪位愿意再通过一次这座小木桥呢？"教授又问道。

没过多久，有三个人站了出来。

"你们呢？"教授问剩下的五个人，"你们为什么还不愿意呢？"

"教授，这张网能确保我们的安全吗？"那几个人异口同声地问。

人生箴言 RENSHENG ZHENYAN

故事中的学生，可以代表现实生活中的绝大多数人。失败，固然与能力不足、力量薄弱不无关系，但首要的原因多为没有坚强的意志，以至于还没有上场，就因为内心的恐惧或顾虑败下阵来。我们应该坚强起来，勇敢去面对困难。

坚强的爱迪生

　　很少会有人对爱迪生这个名字感到陌生。爱迪生被誉为"光明之父""现实中的普罗米修斯"和"发明大王"，他拥有白炽灯、留声机和电影放映机等两千多项发明的专利权，在矿业、建筑业、化工等领域也有不少著名的创造和真知灼见，为人类的文明和进步作出了巨大的贡献。

　　爱迪生同时也是一位伟大的企业家。1879年，爱迪生创办"爱迪生电力照明公司"；1880年，白炽灯上市销售；1890年，爱迪生已经将其各种业务组建成为爱迪生通用电器公司；1891年，爱迪生的细灯丝、高真空白炽灯泡获得专利；1892年，汤姆·逊休士顿电力公司与爱迪生电力照明公司合并成立了"通用电气公司"，开始了通用电气在所有电器领域中长达一个世纪的统治地位。

　　但爱迪生的发明创造之路并非一帆风顺，他同样经过了无数坎坷的考验。

　　1912年的一天，世界发明大王爱迪生正在工作室里为无声电影试制镍铁电池，一不小心，引发了火灾。熊熊的大火很快就无法控制了，实验室渐渐被烧成一片瓦砾。这场火灾没有造成人员伤亡，但给爱迪生造成了200万美

元的损失。虽然200万美元对此时的爱迪生并不算什么，但爱迪生研究有声电影的所有资料和样板也都被烧成了灰烬，这意味着以前所有的工作都付诸东流了。

　　爱迪生的儿子查尔斯，在火场附近焦急地寻找着他的父亲，但是当一圈又一圈地寻找之后仍然没有找到爱迪生时，查尔斯却意外地听到了父亲的呼唤。只见爱迪生站在浓烟和废墟里，声调极其平静地说道："查尔斯，快把你的母亲找来，这样的大火，百年难得一见，不看一看太可惜了。对了，找一架相机来，我们需要拍照留念。"

　　当看到现场的狼藉之后，爱迪生的老伴难过地哭了起来。没想到这时候爱迪生依然非常平静地说道："不必难过，灾难自有灾难的价值。有些研究成果的确被破坏了，但我所有的谬误和过失都被大火烧得一干二净了。"然后他高高地举起双手宣言道："我又可以重新开始了，这是值得庆祝的一件事。"

　　第二天，他就召集职工们宣布："我们开始重建实验室！"新的实验室很快就建起来了。而这场大火，显然激发了爱迪生更旺盛的斗志。三个月之后，他便推出了人类历史上的第一部留声机。

人生箴言
RENSHENG ZHENYAN

　　一场大火没有打倒爱迪生，因为他足够坚强。如果灾难不能把人打倒，那么它就会助人成功，幸与不幸总会紧密相连。至于你从中能得到什么，就看你是否具有坚强的品质。

赌气的小男孩

　　由于整天吊儿郎当、逃课、不认真学习，这个男孩的成绩很差，并最终被挡在了大学的门槛之外。没有出路的他，无奈地选择了参军。三年后，从部队退伍的他，找了家印刷厂做送货员，工作很累很辛苦。

　　某天，他去给一所大学的某教研室送书，不想在乘电梯时遇到了麻烦。由于普通电梯正在修理，他准备从贵宾电梯上去；但当他在电梯口等待时，一位保安走过来请他走人，并说道："这贵宾电梯是专门给教授搭乘的，其他人一律不准乘坐。请你走楼梯！"男孩一听，立即向保安解释："你误会了，我不是学生，我是来送书的。"保安瞥了一眼他那脏兮兮的工作服说："那更不行了，瞧你这身衣服，会把我们的贵宾电梯弄脏的。你还是走楼梯吧！"他生气了，气愤地冲保安吼道："我要送一整车书去九楼，一共有六七十包，如果爬楼梯的话，我累死也送不完！"没想到保安不但无动于衷，还略带嘲讽地回复道："那是你的事，管电梯是我的事。你不是教授，甚至连个大学生都不是，我就是不准你搭乘这架电梯。"

　　就这样，两个人你一言我一语，吵了将近一刻钟，依然无法解决问题。

最后，男孩一气之下把所有的书都堆在了教学楼的大厅里，然后头也不回地走了。后来，虽然印刷厂老板谅解了他的行为，但他却再也不肯待下去了。他选择了辞职，并立即购买了全套的高中教材和参考书，他咬牙发誓：一定要考上大学、考上研究生，一直考到那所大学里去做老师，每天都搭乘那架电梯上上下下，看那个保安还敢不敢瞧不起他！到了那个时候，看我怎么奚落羞辱你！

　　功夫不负有心人。十年后，已经不再年轻的他终于实现了自己的梦想，但奚落那位保安的心思却再也没有了，取而代之的是一份深深的感激。"如果没有他当年的无理刁难与歧视，我怎么会有今天呢？如此看来，他不正是自己一生的恩人吗？"他想。

人生箴言 RENSHENG ZHENYAN

　　遭到奚落的小男孩没有被打垮，而是坚强地选择了对抗，最后他成功了。生命中的每次挫折、伤痛与打击，都必有其深意。如果运用得当，你早晚会明白，它们是命运送给我们最好的礼物，是成就我们人生的重要因素；但是，有一个前提条件，我们必须时刻保持自己的坚强。

花生的特殊寓意

　　他是一个胸怀大志的青年，有勇气，有头脑。年轻的他决定依靠自己的能力，打拼出一片宽广的天地，成就一番属于自己的事业。可是命运似乎在跟他作对，让他接二连三地受到打击，每一次尝试都失败了。看着自己的血汗一次又一次付诸东流，他都快崩溃了。他甚至想到了放弃。

　　一个很偶然的机会，他见到了当地赫赫有名的智者。于是他忙不迭地向智者请教："大师，我一心想有所成就，可不知为何总是遭遇挫败，我就快无法承受了。请您告诉我，怎样才能成功呢？"智者想了想，便从桌上拿起一粒花生递到他的手中："年轻人，你现在就是这粒花生，你的手就相当于命运。"

　　青年听了，大惑不解地望着智者，只听智者接着说道："按我说的去做，你就会找到你想要的答案了。现在请你使劲儿捏一捏它。"

　　青年使劲一捏，花生壳碎掉了，露出了里面红红的花生仁。

　　"你再使劲儿揉揉它。"智者又吩咐道。

　　青年照做了，结果，花生仁的红皮被他捻掉了，露出了里面白白的

果仁。

　　"现在，请你再捏一捏它或者揉一揉它。"智者再次说道。

　　这回，无论青年怎么用力地捏或揉，都无法再毁坏那粒白色的种子了。

　　"看见了吗？屡遭挫折，内心却依然坚强，最终命运也无法再把你怎样。到那时，你还会不成功吗？"智者微笑着说道。

　　青年蓦然醒悟。他马上告别了智者，再次开始了自己的寻梦之旅。虽然他又失败过很多次，但坚强的他不再畏惧、不再徘徊。终于，他成功了。

人生箴言
RENSHENG ZHENYAN

　　上帝之所以安排苦难给你，是因为你还有弱点，而它们正是你成功的绊脚石。冷静乐观，坚强地面对种种遭遇，借此克服自身的种种缺憾，命运最终会对你无可奈何。

难以置信的成就

　　罗伯特·巴拉尼是一位非常有名的医学研究者，他在医学上的独特见解令整个医学界为之轰动。说来令人难以置信，他的巨大成就居然源于他的身体残疾，正是因为身体上的残疾，才让巴拉尼拥有了无穷的力量。

　　巴拉尼出生于奥地利，年幼时就患上了骨结核病，由一个健康活泼的孩童变成了膝关节永久性僵硬、无法再自由屈伸的重度残疾人。因为儿子的腿病，巴拉尼的父母一直深感愧疚，认为这种病会拖累孩子的生活，因此整天闷闷不乐。为了解除父母的心病，巴拉尼从小就暗下决心：要以实际行动来宽慰父母，改变他们的看法，更要改变自己的命运。

　　上天是公平的，小巴拉尼的努力有了明显的回报，以至于所有认识他的人都不得不承认他简直就是天才。上小学、中学时，他的成绩一直非常优异，屡屡获得学校的奖学金；进入维也纳大学医学院以后，他更是比同班同学付出了更多的努力，巴拉尼很早就获得博士学位。大学毕业时，由于巴拉尼表现突出，母校维也纳大学把他留在了校医院的耳科诊所工作。

　　当时著名的医生亚当·波利兹认识他之后，更是对他大加赞赏，经常同巴拉尼在一起研究医学，撰写论文。1905年，巴拉尼完成了题为《热眼球震颤的观察》的研究论文。此论文一经发表，立刻被全奥地利的医学界关注。

1909年，亚当·波利兹医生把原本由自己主持的耳科研究所事务交给了巴拉尼，同时，维也纳大学也发出了让他担任耳科医学教学工作的邀请。对于一个重度残疾患者来说，这双重职务的压力真是太大了，即使是正常人都无法承受，可是巴拉尼不畏劳苦，极其出色地完成了这些工作，而且还出版了两本著作。

鉴于巴拉尼对世界医学的重大贡献，1914年，诺贝尔奖委员会为他颁发了诺贝尔生理学以及医学双项奖金。巴拉尼因其坚强的意志受到了人们的尊重。

人生箴言
RENSHENG ZHENYAN

身体残疾的巴拉尼，并没有因为自身的残疾而沉沦，他坚强地支撑了下来，并作出了一番成绩。残疾并不会阻碍一个人的成功，只要他能保持住坚强的心灵。须知相比于身体，坚强的心灵是成功的更大保障，有了它，人才可能超越身体的限制，加快前进的脚步。

坚强将粉碎一切障碍

　　奥诺雷·德·巴尔扎克，法国小说家，被称为"现代法国小说之父"。一些评论家认为他的成就仅次于莎士比亚。然而，又有谁知道这个名震世界的大文豪，在文学之路上却是历经坎坷呢？

　　巴尔扎克在考大学的时候，还是个不谙世事的孩子，对于自己的前途并没有很成熟的规划。由于父亲希望他成为一名律师，他便顺从地报了某大学的法律系，开始了对法律的学习和钻研。

　　四年的大学生活使巴尔扎克迅速成长起来，他的思想也相应地有了很大的改变。毕业之后，他毅然放弃了本专业，改为向自己喜爱的文坛进军。巴尔扎克的这一举动惹火了满心希望他成为著名律师的老父亲，父亲不但怒不可遏地训斥他不务正业，还声称如果他再不知悔改，就不再向他提供任何生活费用。

　　面对父亲的通牒以及"断炊"的危险，巴尔扎克平静地笑了笑，接着埋头写他的东西，因为他已经爱上了文学，并决定为文学付出自己的青春。也许上天真的是要惩罚一下这个不听父亲话的孩子，所以在开始时，他一度撞

17

得头破血流。接二连三的退稿使巴尔扎克的生活陷入了困境。据说，最艰难的时候，他只能以白开水和干面包充饥，他常常在就餐时摆上几个写有"香肠""牛排"等的空盘子，在想象的美味中狼吞虎咽。但巴尔扎克并没有被这种类似"画饼充饥"的生活所打倒，他坚强地挺了过来。他父亲的好友，他自己的朋友时常会找到巴尔扎克，劝他不必再坚持了，还是听从父亲的话，不要放弃法律，但他们的建议都被巴尔扎克拒绝了。

数年之后，严冬熬过去了，巴尔扎克终于迎来了他文学生命的春天。他成功了，并一举成为文学史上最伟大的作家之一。如果你问是什么支撑着他一路走过这些艰难困苦的话，那就看看他在最苦的日子里刻在手杖上的字吧：我将粉碎一切障碍。

如果你明白自己到底想要什么，并且表现出不达目的誓不罢休的斗志，那么世界除了给你让路之外别无选择。面对困难时，坚强地支撑下去，春天总会到来。

总有两个机会

　　他是一位刚从美国加州大学毕业的大学生，成绩优异，学业突出。在2003年的冬季大征兵中他依法被征，抽签的结果是要他到最艰苦也是最危险的海军陆战队去服役。

　　自从获悉自己被海军陆战队选中的消息后，这位年轻人便显得忧心忡忡起来。祖父见孙子一副魂不守舍的模样，便开导他说："这没有什么好担心的，到了海军陆战队，你会有两个机会，一个是留在内勤部门，一个是分配到外勤部门。如果你被分配到了内勤部门，是完全用不着担惊受怕的。"

　　"但是如果我不幸被分配到了外勤部门呢？"他问爷爷。

　　"那同样会有两个机会，"爷爷说，"一个是留在美国本土，另一个是分配到国外的军事基地。如果你被分配在美国本土，那还是用不着担心的。"

　　"如果我被分配到了国外的基地呢？"年轻人又问。

　　"那还是有两个机会，"爷爷又答，"一个是被分配到和平而友善的国家，另一个是被分配到维和地区。如果把你分配到和平而友善的国家，那不照样是件值得庆幸的好事吗？"

"那要是我不幸被分配到维和地区呢？"年轻人还在问。

"你照样会有两个机会，一个是安全归来，另一个是不幸负伤。如果你能够安全归来，那现在的担心岂不多余？"爷爷回答。

"倘若我不幸负伤了呢？"年轻人依然不甘心。

"负伤以后，你还是会有两个机会，一个是依然能够保住性命，另一个是完全救治无效。如果尚能保住性命，你还担心它干什么呢？"爷爷再次微笑着回答道。

年轻人接着问道："那要是完全救治无效怎么办？"

爷爷说："还是有两个机会，一个是作为敢于冲锋陷阵的国家英雄而死，一个是畏畏缩缩躲在后面却不幸遇难。按你的性格，你必然会选择前者。既然会成为英雄，那当然更用不着担心。"

听到这里，年轻人的嘴张了张，却再也没能说出任何话来。

是啊，无论身处何种境遇，我们都会至少有两个机会，一个是好机会，一个是坏机会。好机会中，一定藏匿着坏因素，而坏机会中，又必然隐藏着好转机。关键是我们以什么样的眼光、什么样的心态、什么样的视角去对待它。

人生箴言
RENSHENG ZHENYAN

机会的好坏，标准其实在于人们看它的眼光。倘若乐观旷达、坚强积极，什么时候都是好机会；倘若悲观沮丧、心态消极，什么时候都是坏机会。

祖母的教诲

　　他叫瓦尔坦格雷戈里安，是一个刚满六岁的小男孩。不幸的是，他的母亲因病去世了，他的父亲也因为战争而不知所踪。由于是个孤儿，又常常受到大孩子们的欺负，原本天真活泼的他开始变得内向，后来他整天紧闭着嘴巴一句话不说。就在这时，拯救他命运的天使出现了，他那慈祥的祖母来到了他的身边，并最终将他带回自己所在的伊朗山区，悉心扶养他长大。

　　瓦尔坦的祖母是一个非常不幸的人。由于丈夫早亡，她不得不一手把几个儿女拉扯大。原本以为可以享享清福时，战争开始了，紧接着，疫病也来了，于是，她失去了所有的孩子。按理来说，如此深重的苦难一定会将一位原本脆弱的女性击倒，可出乎人们意料的是，她从未因此而失去对生活的信心。现在，孙儿来到了她的身边，她必须想办法让孙儿从过去的阴影里走出来，健康快乐地成长。关于这一点，我想任何人都不会怀疑，因为她一定能做到，就像对待她自己的苦难那样。果然，孙儿来到山区不久，便恢复了原来的活泼开朗，并且更坚强、积极和热爱学习。

　　多年之后，当年那个瘦弱的小男孩已经成了美国布朗大学的校长。当有记者采访他请他讲述一下自己的成长经历时，他说起了对自己影响至深的一

句话："这句话是我的祖母告诉我的。我小的时候，她经常这样教导我，'孩子，有两件事你一定要记牢。第一是命运，那是你无法控制的；第二是你坚强的性格，那是在你掌握之中的。你可以失去你的美丽，也可以失去你的健康和财富，但是你决不能失去你坚强的性格，因为它是掌握在你自己手中的。'这句话在我的成长道路上起了至关重要的作用。"

从布朗大学校长职位卸任之后，瓦尔坦·格雷戈里安又当上了由美国钢铁大王卡耐基创办的卡耐基基金会的主席。可以说，他的成就应该归功于他的性格，而他的性格，当然要归功于他祖母的教导。

人生箴言
RENSHENG ZHENYAN

我们可以失去美丽、财富甚至是健康，却不能失去坚强的性格。性格决定命运，只要性格还在，我们便可以重新把握命运。

目标太多等于没有目标

　　一个专注的人，往往能够把自己的时间、精力和智慧凝聚到所要干的事情上，从而最大限度地发挥积极性、主动性和创造性，努力实现自己的目标。

狼与老奶奶

有一只饿了几天的狼，离开狼穴出去找食物，转悠了半天却一无所获，连一只野兔都没碰到。正当它不知如何是好时，突然听到不远处的农家传来了孩子的哭声。它赶紧寻着哭声跑了过去，不想那家却门窗紧闭，没有任何可乘之机。无奈之下，饿狼只好转身回去，想办法去找其他食物。不想这时，正在屋里哄孩子的老奶奶忽然开口说了一句："还哭，还哭，你再哭我就把你丢出去喂狼！狼最喜欢吃像你这样爱哭的小孩。"

饿狼一听能够吃到小孩子，马上喜上心头，赶紧在附近找了个隐蔽的地方躲了起来，然后眼睛直直地盯着那家大门，盼着老奶奶赶紧把小孩子扔出来，自己好美餐一顿。谁知一等再等，半天过去了，老奶奶依然没有把孩子丢出来。看着太阳就快落山了，等得不耐烦的饿狼"嗖嗖"几下蹿到了那家窗户底下。它非常生气，想质问一下那个老奶奶为什么说话不算数，让自己等了大半天。

不料它刚刚来到窗下，便听见老奶奶又在里面说道："宝宝乖，不哭了。别害怕饿狼啊，如果狼来了，阿婆就把它宰了给宝宝煮肉吃。乖宝宝，快睡觉。"

饿狼一听老奶奶这句话，吓得魂飞魄散，赶紧玩儿命似的朝回跑去，再也不敢在窗下待着了。在逃跑的路上，饿狼碰见一只狐狸，这只狐狸看见饿狼的慌张样儿感觉很奇怪，于是便问它发生了什么事。

"怎么了，有什么事能把你吓成这样？"

"别提了，"饿狼惊魂未定地说道，"有一家农户的老奶奶说用小孩喂我，结果这老奶奶说话不算数，害我饿了半天不说，反过来还要杀我煮肉吃。幸好我跑得快，不然早就成了她锅里的晚餐了。"

狐狸笑道："你回头看看，那个老奶奶并没有来追你啊。"

人生箴言
RENSHENG ZHENYAN

老奶奶随便几句话，饿狼就信以为真，全然不知道别人只是拿你说事而已，自己一惊一乍，乱了阵脚。在现实生活中，我们不能把自己的命运交给别人把握。坚持主见、稳住阵脚，时刻保持专注心理，你才能保证自己正常的生活秩序不被打扰，继而取得更大的成绩。

沙漠里的宝藏

从前，有这样的三个人，他们每一个人都是大好人，而且都喜欢助人为乐，大家非常喜欢他们。因为他们做了许多善事，先知决定给他们每人一个发财的好机会，作为对他们的回报。先知把这三个人找来，告诉他们说："沙漠的深处有一个地方埋藏着宝藏，你们去等吧，等到第九九八十一天时，宝藏会自动从地下长出来。"三人一听，喜出望外，立刻朝沙漠奔去。

三个人里做善事最多的那个人首先来到了沙漠里。当来到先知所告知的地点时，他发现那里除了一片黄沙和一眼泉水之外，什么都没有。一天之后，喜欢与人交流的他感觉有些寂寞。三天之后，他开始孤独地唱歌给自己听。一个星期之后，他开始有些恼怒地自言自语起来。两个星期之后，他的自言自语已经变成了抱怨。最后，一个月还未满，他便大吼大叫着从沙漠里跑了出来，边跑边大喊道："这简直就是要命！我受不了了！我不要什么宝藏了！"

第二个到达沙漠的人是做善事较多的那位。他很聪明，知道这么长的时间自己一定会感觉寂寞难挨，所以随身带了许多书籍和信件。到达先知所说的地点后，他便开始埋头读书、读信，并强迫自己不去想已经过了多少天。

很快，他带来的书和信读完了，可是宝藏还没有长出来，没办法，他只好又读了一遍。谁知一直等到读完第三遍时，宝藏依然无影无踪。终于，这个人也烦了。他疯了似的诅咒着这无聊的生活，然后跑出沙漠，宣布放弃了。

　　最后一个，也就是三个人当中做善事最少的那一位来到了沙漠。和第一个人一样，他也什么都没带，一到达目的地，看了看周围便坐了下来。然后，他开始设想奇迹出现会是什么样子，他穷尽自己的想象力，把宝藏形成、生长、出现的过程都想了个遍。第一个月在他无休止的想象中慢悠悠地过去了。想够了宝藏之后，他又开始想自己从小到大的人生历程，童年、少年、青年、中年，每一件小事他都试图想起来，并用语言描述出其详细的情节来。无数次心花怒放和无数次痛心疾首之后，第二个月也过去了。这时，他已经忘记了时间，而是完全沉浸在了对人生真谛、喜怒哀乐的感悟之中。正当他准备再回忆一遍自己的人生时，沙漠忽然开裂，宝藏涌了出来。

人生箴言
RENSHENG ZHENYAN

　　第三个人之所以能获得宝藏，是因为他专注于得到宝藏这一件事。成功路上难免遇到种种困境，要想安全度过，我们必须保持专注。如果一个人无法保持专注，无法耐心地等待成功的到来，那他就只能面对无尽的失败。

不寻常的推销员

  托马斯·沃森在年轻的时候，曾经做过很多种工作。虽然有些工作很轻松，收入也很稳定，但他一直专注地想做辛苦的推销员。因为他觉得只有这种工作才可能实现自己发财的梦想，所以，他始终寻找着这种职位。身边的朋友对他这种想法感到疑惑不解。

  功夫不负有心人。托马斯终于找到了一个销售钢琴和风琴的工作，但由于缺乏销售经验，托马斯没有取得过人的成绩，他也很快失去了这份工作。但这次短暂的工作经历给他留下了深刻的印象，也更加坚定了他做推销员的想法。后来，他来到一家收银机公司应征推销工作，不想那个公司的地区经理约翰·兰治在看了托马斯的简历后，一口拒绝了他，因为在所有的应征人员中，托马斯是条件最差的一个。遭到拒绝的托马斯没有放弃，后来，兰治终于被托马斯坚韧的毅力所折服，答应让他在公司试用一个月。

  就在这一个月中，托马斯的销售才能展现了出来，他的工作业绩比同事高出许多。他得到了上司的重视，他被正式聘用了。三年后，凭着自己对推销业务的熟练掌握，托马斯成了这家收银公司的销售总经理。谁知刚升职不久，他出色的能力就引起了老板帕特森的嫉妒。不久，他被解雇了，托马斯又失业了。

　　后来，托马斯选择工作格外慎重。当然，这种"慎重"是指在选择公司上而非职位上，因为对于职位，他早就抱定了"非推销员不干"的念头，他一直在十分专注地去做事。最终，他去了计算机制表记录公司（CTR）。1924年，托马斯已经成了计算机制表记录公司的首席执行官和首席运营官。同时，他决定把计算机制表记录公司更名为国际商用机器公司，也就是我们耳熟能详的"IBM"。他的这一做法，预示了计算机革命的到来。就这样，托马斯·沃森成了风靡全球的IBM公司的创始人。

人生箴言
RENSHENG ZHENYAN

　　托马斯之所以成功，是因为他专注于一件事情、一个职位，并为之不懈地奋斗。如果说理想是目的地，那么坚持到底的专注力就是通往目的地的道路。想要做好任何事情，专注能力都是必不可少的，否则就只有半途而废。

石头的梦想

　　它是一块寂寞的石头，已经在深山里躺了许久，送走了无数次的春秋冬夏，见证了无数次花开花落。它未曾想过改变，但偶然有一天，它抬头看见了天空中自由自在飞翔的鸟儿，它们是那样的无拘无束。于是它便欣欣然地做起梦来：如果能像鸟儿那样自由自在地飞翔一次，我就不枉此生了。可是，当它把自己的梦想告诉同伴时，同伴立刻哈哈大笑起来："你真傻，不要忘了你是一块石头啊，一块石头怎么可能飞起来呢？""你真是'心比天高'啊！可惜，这一切都只是异想天开！你还是老老实实地做你的石头吧！"

　　这块石头可不管同伴们说什么，也丝毫不在乎同伴们对它的冷嘲热讽，它一直在等待着飞翔的机会。终于有一天，一位路过山顶的神仙看到了这块与众不同的石头，于是便问它："石头，我看你跟其他的石头都不一样，你是不是有什么心愿呢？说出来吧，我会满足你的。"

　　"是的，我的确有个愿望。"石头立刻欢喜地答道，"我梦想像鸟儿那样飞翔一次，您能帮我实现这个梦想吗？"

　　"没问题！"神仙道，"但是我有一个条件——你必须先长成一座大山，这可是要吃不少苦头的，你能坚持住吗？"

"只要能飞翔一次，完成自己的梦想，再困难我也不怕。"石头坚定地说。

看到石头如此坚决，神仙赞许地对它吹了一口仙气。顿时，石头一点点地膨胀了起来。当然，这非常痛苦，因为它必须承受身体不断被分割并且胀大的疼痛。长啊长啊，不知道疼了多少年，石头终于由原来的小石块变成了一座巍巍高山。

这时，神仙又来了。和上次不同的是，这次他带来了一只大鹏鸟。他一招手，大鹏鸟立刻展开巨大无比的翅膀飞了起来。当飞到石头所长成的高山前面时，大鹏鸟一声长叫，开始用翅膀猛烈地击打突出的山石。一下、两下、三下，一番天摇地动之后，大山忽然炸开了，无数石块飞向天空。这块专注梦想的石头终于完成了自己的希望。

就在飞起的一刹那间，石头会心地笑了，而那些曾经嘲笑过它的石头，则惊呆了。

人生箴言
RENSHENG ZHENYAN

一块普通的石头因为专注于自己梦想，最终获得了成功。我们何尝不是如此呢？要想让自己走得更远，实现得更多，我们就应该专注于目标，哪怕外界不时地对我们风吹雨打，我们都应该专注于自己的梦想，然后付出更多的辛劳和汗水，努力地去实现它。

学习永远不晚

　　暑假到了，某大学打出了一则广告：本处招收补习基础英语的学生，年龄不限，预报从速。也许是当前社会英语学科很火热吧，也许是学不好英语的人太多了吧，这个班异常火爆。每天都有很多人来此报名，排队的长龙足有几十米。

　　这一天，在报名现场来了一位中年人，他在广告牌旁站立了许久，仔细地把广告读了一遍又一遍。最终，他打定了主意，走进了报名的队伍。这位中年人被人挤来挤去，好不容易才挤到了报名台前。

　　"你好，我来报名。我想补习英语。"中年人说道。

　　"年龄？"接待小姐问。

　　"四十三。"中年人回答。

　　"哦，不好意思。我是问您，参加补习班孩子的年龄。"接待小姐说道。

　　"呵呵，您误会了。不是我孩子学，是我学。"中年人答道。

　　"哦？您学？"接待小姐惊讶地抬起头来，"再过两年您都四十五岁了，还学这些基础英语干吗？再说了，您也已经过了学习的最佳年龄了啊。"

　　"如果我不学，再过两年难道会是四十一岁吗？"中年人微笑着反问道。

"可是，您有时间来参加我们的学习班吗？"接待小姐再次发问。

"我会挤时间的。请给我报名吧。"中年人说道。

接待小姐无言了。

就这样，这位先生加入了这个补习班。每天晚上和周末，他都会准时来到这里，与那群稚气未脱的孩子们一块儿读单词、背课文，虽然已经过了学习的年龄，但这个中年人的学习热情却丝毫不减。不知道是学上瘾了还是怎么的，这位先生竟然一直学了下去，从初级到最高级。后来，凭着这两年补习班的基础，他竟然考上了某大学的成人班，最后拿到了这所大学英语专业的自考本科证书。

赶巧的是，他刚刚毕业不久，他的单位当时正好在招一位翻译。因为有扎实的英语基础，又是内部人员，他以绝对的优势争取到了这个职位，从而让薪水轻松地翻了一倍。

人生箴言
RENSHENG ZHENYAN

故事中的中年人专注于学习，他最终获得了成功。知识没有没用之说，学习没有年龄之分。即使已经步入老年，今天的所学也有可能给未来的我们换得巨大的成功。我们现在正处在学习的黄金年龄，请大家集中精力，保持专注，好好学习吧。

每天挤出一小时

　　威尔福莱特·康是世界织布业的巨头之一，他腰缠万贯、家资无数，真可谓要什么有什么，但丰厚的物质享受却不能满足他对生活的追求，他总感觉生活中缺了点什么东西似的。威尔福莱特冥思苦想了好久，也没有找到答案。一次偶然的机会，他想起了自己儿时的梦想。

　　威尔福莱特小时候曾经梦想着成为一名画家，他特别喜欢绘画里的光影和色调，但因种种原因，他已经数十年都未拿过画笔了。现在去学画画还来得及吗？现在的自己还有空闲时间吗？他犹豫着自问，但想来想去，为了自己丰富的精神生活，最后他还是决定每天抽出一个小时来安心画画。

　　自从下定了这个决心，一向以毅力著称的威尔福莱特再次显露了他的特长，虽然很忙，可他还是每天都抽出一小时来画画，并长期坚持了下来。多年以后，这位半路出家的学画者已经在绘画上得到了不菲的回报：他曾经多次举办个人画展，在油画方面成就更是非常突出。其实他以前从未接触过油画，一切都是从他那个决心开始，然后靠每天一小时的积累完成的。

　　"每天抽出一个小时来画画"，对于一个大企业的负责人来说，要想真正做到这一点并不容易。你可知道，为了保证这一小时不受干扰，威尔福莱特每天早晨五点钟就得起床，一直画到吃早饭为止。他后来回忆说："现在想想，每天早起一小会，也并不算苦。自从我决定每天都学一小时画之后，一到清晨那个时候，渴望和追求就会把我唤醒，想睡也睡不着了。我必须马上起来进行学习和练习。"

再后来，为了方便画画，他干脆把顶楼改为了画室。

时间是公平的，更是"知恩图报"的，因为数年来威尔福莱特从未放弃过早晨那一小时，所以时间给了他惊人的回报——他的收入又多了一个来源。而他则把这一小时作画所得到的全部收入变成了奖学金，专门奖给那些搞艺术的优秀学生们。

"钱并不算什么，从画画中所获得的启迪和愉悦才是我最大的收获。"威尔福莱特如是说。

人生箴言
RENSHENG ZHENYAN

专注于一件事情的人，总能克服种种困难，去追求自己的梦想。即使每天一小时，对于心中怀揣梦想的我们，也足够了。另外，时间是公平的，每人每天都是二十四小时。成功者总能挤出时间，失败者总在感叹没有时间。看来，成功与失败的分水岭可以用这几个字来表达——是否专注于一件事。

猕猴找豆子

从前有一只猕猴，手中抓了一把豆子，兴高采烈地在路上一蹦一跳地走着。一不留神，手中的一颗豆子滚落在地上，为了捡起这颗掉落的豆子，猕猴在路旁找了一块干净的地方将手中其余的豆子全部放在那，然后趴在地上，转来转去，东寻西找，却始终不见那一颗掉落的豆子的踪影。

又找了一会还是没有找到，猕猴只好用手拍拍身上的尘土，回头准备去取原先放置在一旁的豆子，怎知那颗掉落的豆子还没找到，原先的那一把豆子却全都被路旁的鸡鸭吃得一颗也不剩了。

失落的猕猴慢悠悠地在路上走着，忽然看到路边的树上有一个小木盒，木盒里面装着他最爱吃的坚果。猕猴心想：刚丢了豆子，若是能吃到美味的坚果也不错啊！于是他走近木盒，看见盒子上开了一个小口，刚好够他的前爪伸进去，猕猴一把抓住坚果，谁知爪子却抽不出来了，因为猕猴手中抓满了坚果，不肯放手。这时，猎人从周围走了出来，捉住了猕猴。

因为放不下到手的职务、待遇，有些人整天东奔西跑，耽误了更远大的前途；因为放不下诱人的钱财，有人费尽心思，利用各种机会去大捞一把，结果常常作茧自缚；因为放不下对权力的占有欲，有些人热衷于溜须拍马、行贿受贿，不惜丢掉人格的尊严，一旦事情败露，后悔莫及……

RENSHENG ZHENYAN

让我们从猕猴的悲剧中吸取一个教训，牢牢记住：要严格的控制自己，该松手时就松手，不要对物欲和虚荣恋恋不舍，把那些应该放下的"坚果"果断地放下。

篮球巨星的秘诀

凡是热爱篮球的人，肯定都知道"奥拉朱旺"这个名字，他是美国NBA曾经的篮球中锋，一位传奇般的人物。

他前后总共在篮球赛场上驰骋了18年。在这18年中，他曾经两次夺得NBA季后赛的总冠军，12次入选NBA全明星阵容，12 000次争得篮板球，并因为是NBA历史上8个得分超过两万分的球员之一而荣获了MVP最有价值球员的称号。

在NBA历史上的每一场比赛中，得分、篮板球、助攻、抢断及盖帽几大项都达到两位数的杰出运动员总共只有四个，而奥拉朱旺便是其中之一。因为这一点，人们都称呼他为"大梦"，意思是说"最好的"。连著名的篮球教练汤姆·贾诺维奇也对他赞不绝口，说他："你给予我们的，远比从我们这里得到的多得多！"

奥拉朱旺退役之后，他那件标志奇迹的34号球衣被永远地升上了火箭队主场康柏中心球场的屋顶。从那以后，每一个进入康柏中心球场的观众，都能看见这件球衣，从而记起它的主人——奥拉朱旺在球场上的汗水和泪水、梦想和辉煌。

更值得一提的是，尽管有成千上万的球迷、不计其数媒体的追捧，奥拉朱旺却从来没有摆过明星的架子，他一直那样谦卑有礼，兢兢业业地打好每一次比赛。

　　当有记者问他是如何在喧嚣的荣誉中保持冷静，取得如此惊人的成绩时，奥拉朱旺却回答道："很多人都问过我这个问题，其实我也没有什么独特的秘诀。我一直记得我的启蒙教练对我说过的话，'你只需要集中精力打好比赛，那些赞美和批评都是在说别人呢。'在我的职业生涯里，我总是力图集中精力向前看，专注于每一场比赛。当人们把许多赞誉之词抛过来时，我总觉得他们是在说另外一个人。"

人生箴言
RENSHENG ZHENYAN

　　奥拉朱旺的成功秘诀竟是如此简单，只是专注做事而已。我们在日常生活中，不管别人是赞美还是批评，集中精力，专注做事，你才能赢得想要的东西。这是经过无数人验证过的成功秘诀。

寻找智慧的国王

年轻的沙利王登基了。为了治理好自己的国家，让全国人民都过上幸福的生活，这位雄心勃勃的国王决定学习天下所有的智慧，让自己成为最伟大的君王，从而能够更好地治理国家。他把国内知名的智者们都招进宫里。

"你们都是我们国家最著名的智者。我有一个梦想，就是成为最具智慧的君主。现在我交给你们一个任务，那就是把这个世界上所有的智慧书籍都找来，供我学习。我给你们规定一个期限——十年。十年后你们带着找来的智慧书籍前来见我。"

十年很快就过去了，每位智者都背着满满一箱书回来了，经过统计，总共有5 000本。沙利国王看了看堆积如山的书本，顿时感到头脑发胀，他拍着桌子说道："天哪，这么多书，我整天这么忙，要处理那么多的国家大事，哪里有时间看这么多书呀！你们把这些书精简一下，挑选出最具智慧的一些书，再来呈报给我！"智者们纷纷领命下去了。

又是十年过去了，智者们带回500本，对国王说道："国王，这500本书是我们精心比较后，挑选出来的。可谓是充满了智慧，请国王学习。"可国王看了看这些书，说道："哎呀，500本呢，还是太多啊，你们继续精简一下吧。"

十年过去了，智者们再次精简出了50本书，呈到国王面前说："国王，这是必读的50本书，读完后您就可以成为当今最具智慧的君主了。你的国家将在你的治理下，呈现出无上的繁荣。"可是由于此时的国内，已经问题重重，不再年轻的国王早已心烦气躁，懒得天天翻书。他下令智者们挑选一本，来供他学习。

又过了十年，当一本天下无双的智慧经典呈现在国王面前的时候，四面强敌早已不断入侵，国王哪有精力去读书呀？正在一筹莫展之际，风华正茂的太子求见国王，并向国王提出了退敌的良策。用太子贡献的妙计，这位国王很快击退强敌，重振国威。

当有人问起太子，为什么如此聪明，能够想到退敌良策时，太子说了这么一句话："我从很小的时候就开始读国库里的智慧宝典了，到现在为止已经读了5 000本了。据说这些书是我父王当年让人找来的，所以我的聪明都是父王赋予的。"

人生箴言
RENSHENG ZHENYAN

一味选择等待，事情将越积越多，最终连一件事都做不成功；下定决心，坚持去做，事情便会慢慢变少，并且总会有意想不到的收获。

目标太多等于没有目标

  很久以前，某地出了一位神枪手，他的枪法被人们传得神乎其神。这天，有三个年轻人慕名而来，拜他为师。教了一段时间后，神枪手把三个徒弟带到了大草原。

  面对一望无垠的大草原，神枪手告诉三个徒弟说："今天，我要大家打野兔。现在，你们告诉我，你们都看到了什么？"说着，神枪手比划了一下眼前的草原。

  大徒弟首先回答道："我看到了碧蓝的天空、碧绿的大草原、天上飞翔的小鸟以及草原上奔跑着的野兔、野猪、狐狸等猎物。"

  看到师父脸上不满意的表情，滑头的二徒弟说："我看到了师父您、师兄、师弟，还有我手里的猎枪和草原上的野兔。"

  最后，三徒弟看着眼前奔跑的野兔说："我只看到了野兔。"

  神枪手这才点头说："你们记住，眼睛里只有一个目标，你们才会知道自己的枪要指向何处，才不至于浪费了子弹还打不着猎物，这是作为一个好猎手的最基本条件。同样的道理，你们拜我为师，想学好枪法，心中也只能有一个目标，如果既想学这个又想学那个最后只会让你们学无所成。"

　　这一课使得三个徒弟大受启发，从此去掉了不专心的毛病。三年之后，三个徒弟都成了名震一时的神枪手。

RENSHENG ZHENYAN

　　目标太多，等于没有目标。目标是我们前行的方向，一心一意朝着一个方向前进，我们才能尽快取得成功；如果精力分散，不能专注于目标，再努力也只会一事无成。

自己的命运当然自己做主

　　人的成长过程，就是一个不断提高自理能力的过程。从学会走路开始，我们就获得了一个身体的独立；当能自己吃饭、穿衣时，我们就有了独立的生活体验。独立的性格表现在方方面面，也从方方面面影响着我们的成长和发展。

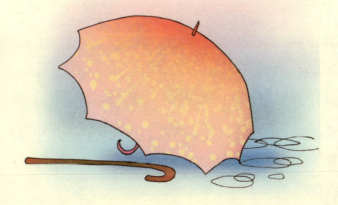

老武师的儿子

　　清末年间，京城镖局的首席老武师因为年龄已大，决定退出江湖，安享天年，不再保镖了。这位老武师武艺高强，保镖从未失误过，深得大家的信赖。一看老武师退出江湖，这就相当于自己家的顶梁柱要塌啊，镖局掌柜顿时陷入了为难之中，天下虽大，可到哪里去寻找一位既武艺高强又忠心耿耿的镖师呢？如果没有这位老武师，自己的镖局很可能就开不下去了。不想正当他为这件事头疼时，老武师推荐了自己的儿子。老武师对掌柜说道："掌柜的，我这儿子自幼跟随我习武。我的武艺他学去了十之八九，让他来接替我，应该很合适。"想想虎父无犬子，掌柜欣喜不已，立刻应允了下来。

　　可是谁都没想到，老武师的儿子上任没几天，便在一趟押镖任务中被几个小山贼打死了。听到这个消息，人们感到非常奇怪，因为那几个小山贼根本不是什么高手；而老武师名震四方，他的儿子仅学点皮毛也足够对付那几个小山贼了。看他儿子的表现，好像一个完全不懂武艺的门外汉。

　　老武师跟人们一样迷惑不解，他也无法解释这一切。他一边伤心一边说："我真不明白，我的武功这么好，我的儿子怎么会这么差劲！要知道自从他懂事开始我就教他习武了，我把我全部的武艺都传授给他了，怎么出手、怎么自我防卫、怎么破解对方漏洞。我把我多年积累的经验都毫无保留地传授给他了，他怎么会连那几个小蟊贼都打不过呢？真是太奇怪了。"

听到这里，镖局里的一位老人问他："那你们父子俩，谁的武功更高一些呢？"

"那我怎么知道，我们又没比试过。"老武师说。

"那他是怎么练的？"老人问。

"我一直很详细地给他解说。纠正他的错误姿势，监督他练习，我没让他偷过一次懒。"老武师回答。

"那就是你的错了，因为你只传授了技术，没有传授教训。要知道，对于武师来说，没有后者，一切都是纸上谈兵。如果你能够早日放手，让你儿子早日独立，才能够让他真正独立成才。"老人说。

RENSHENG ZHENYAN

独立对于一个人来说，具有非凡的意义。老武师的儿子因为没有真正独立过，才送了性命。我们应学会独立，应适应独立，不应事情出现了，才想起来抱佛脚。

独立承担的责任

　　1920年的某一天，在美国伊利诺伊州，有一位11岁的小男孩，正在同伙伴们热火朝天地踢足球。足球运动是他们的最爱，他和小伙们一有时间，就会凑到一起踢足球。他敏捷灵活，飞起一脚，足球就好像出膛的炮弹，射出场外，飞向了场外的一户人家。只听"叭嚓"一声，球击碎了这户人家的一块玻璃窗。

　　户主是一位70多岁的老太太，听到自己家的玻璃窗被踢碎了，从屋里快步走出来，勃然大怒，问道："这是哪个小坏蛋干的？快给我站出来！"小男孩老老实实低头承认："不好意思老奶奶，是我踢足球不小心，打碎了您的玻璃窗，请老奶奶宽恕。"可是，这位固执的老太太怎么也不肯原谅，她想了想，向小男孩索赔12.5美元，小男孩委屈地哭了。要知道当时12.5美元可不是小数目，这笔钱能买125只生蛋的母鸡。如果在今天，约合3 000多元。

　　闯下大祸的小男孩，自然是拿不出这笔巨款的。他回家向父亲一五一十地报告了此事，父亲铁板着脸深思老半天说："你认识到自己的错误了吗？""是的，父亲。我对我的错误深感懊悔，以后我再也不会犯类似的错误了！"小男孩答道。

　　父亲接着说："这12.5美元家里还是有的，但是，现在我不能给你。你应该对自己的过失行为负责。你应该独立承担自己的过失。"小男孩难为情地说："爸，我知道自己错了，可是我没有钱赔人家，怎么办呢？那个老太太一直在催促我赔偿呢。"父亲掏出钱，严肃地说："这12.5美元我借给你，你现在去赔给人家，不过，一年以后你必须还我。"

　　从此，小男孩一边刻苦读书，一边抽空辛勤打工挣钱还父亲的钱。他人小力弱，干不了重活，就到餐馆洗盘刷碗，天天忙碌到深更半夜，不知洗了多少堆积如山的盘子和碗，不知流了多少汗水，经过半年的拼搏，终于挣足了12.5美元。他自豪地将钱交到父亲手里，父亲欣喜地拍着他的脑袋说："一个能独立承担自己过失的人，将来是一定会有出息的。"

　　这名小男孩就是后来成为美国总统的里根。他在回忆这件往事时，深有感触地说："通过自己的劳动来承担过失，使我懂得了什么叫独立。"

人生箴言
RENSHENG ZHENYAN

　　独立，是每个人必须学会的。里根从小就在独立中学会了承担责任。我们在学习和生活中，要把独立性格摆在首位，才能锻炼自己，提升自己的能力。

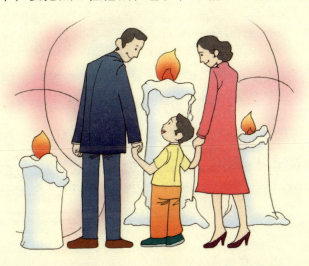

卖鸡蛋的小男孩

　　小汤姆刚满七岁，正上小学一年级，按理说这正是认真学习的年纪。可就是这么一个小孩子，居然利用业余时间，做起了"卖鸡蛋"的生意，而且还做得很成功。事情还要从一年前说起。

　　去年春天，汤姆妈妈的一位朋友，送给汤姆一只半大的母鸡。汤姆很喜欢这个小家伙，在他的精心照料下，母鸡长大生蛋了。再后来，聪明的小汤姆，按照在幼稚园里学到的孵化方法，把其中的十来只鸡蛋孵成了小鸡。今年秋天，这批小鸡也长大生蛋了，于是汤姆便决定在学习之余，尝试着做鸡蛋生意。

　　放学后，汤姆便在镇上的居民家里跑来跑去，把印有自己照片、名字和家庭电话的小卡片分发到各家，并告诉他们：如果需要鸡蛋的话，打这个电话，自己会送货上门；而且这些鸡蛋都是纯绿色无污染的。居民们显然很喜欢这个长着满头金发的可爱男孩，因此对他推销的鸡蛋也产生了兴趣，所以居民们纷纷向他订购起鸡蛋来。一时间，小汤姆忙得不可开交，有时候还需要父母和小朋友的帮忙。"到现在为止，靠着卖鸡蛋，我儿子已经挣了一百多块钱了！这可是完全靠他自己挣的钱。"汤姆妈妈自豪地向我介绍道。

　　"他一个小孩子，赚这么多钱做什么呢？"一位朋友问道。

"买玩具，买图书，买他感兴趣的任何东西。他可以随意支配自己赚的钱。"汤姆妈妈以一种"理所当然"的口气说道。

"难道你和你先生不给他零花钱吗？"不解之下，这位朋友问出了一个这样的问题。要知道在美国这个被称为"儿童天堂"的国度里，任何一个孩子都享有父母给付零花钱的权利，更何况是汤姆家——他家可是镇上有名的富裕人家。汤姆爸爸是位颇有名气的律师，年薪不下百万；妈妈自己经营着一个儿童用品商店，收入也颇丰。他们是不会差这点钱，也不会用这种方式为难孩子的。

"哦，当然会给，不过现在不给了，他不要，因为根本用不着。现在他在经济上已经独立了。"汤姆妈妈耸了一下肩膀，很得意地回答道。

RENSHENG ZHENYAN

从小就独立接受了生活的磨炼，体会劳动是财富和知识的源泉，也是生存的基础，这对一个人的健康成长至关重要。这一点，对任何人来说都非常的重要。

只靠我自己

　　法国著名作家大仲马的儿子小仲马，也是一个非常喜欢写作的人，而且拥有着和他父亲一样的文学地位，甚至有人认为小仲马的成就超过了他的父亲。小仲马的代表作《茶花女》，以其对现实的描写和反思，为世人所喜欢。然而，刚开始写作时，他的稿子总是不被人看好，不管邮寄到哪家出版社，都会遭遇退稿。虽然小仲马屡败屡战、毫不气馁，但在写作的道路上依然充满坎坷。

　　大仲马不忍心看儿子屡屡受挫，便对他说："亲爱的儿子，我在刚开始写作时，遇到的困难比你还要多。不过我可以给你一个建议。你可以在你的稿子后面附上一句话，提示一下你和我的关系，这样情况就会好一些。"这确实是一个好办法，如果小仲马向编辑社挑明自己和大仲马的关系，那他的作品肯定就会被接受了。没想到这个看似绝妙的提议却被小仲马一口否定了，他对自己的父亲说道："不，亲爱的父亲，我不想坐在你的肩膀上摘苹果，我要靠我自己。我会成功的。"就这样，小仲马不停地变换着笔名，从未放弃过自己对文学的执著。单从名字上看，谁都不会把他和大名鼎鼎的大仲马联系起来。

　　一次又一次的退稿不但没有让小仲马感到气馁，反而更激发了小仲马的创作热情。终于，他的付出有了回报——他的《茶花女》以绝妙的构思和精彩的文笔震撼了一位资深编辑。然则，有一个问题却让这位资深编辑感到疑惑，因为这位投稿者留下的地址，居然是大名鼎鼎的大仲马的住址。这位编辑按照地址前来寻访，才发现原来这部伟大作品的作者，竟然是大仲马名不见经传的儿子！

"小仲马先生，您为何不在稿子上署真实的姓名，而要用这个人人陌生的笔名呢？"老编辑很奇怪地问，"如果你挑明和大仲马先生的关系，那样会对你非常有利的。"

"是，"小仲马微笑着回答，"但是我只想独立证明我的能力，我想拥有真实的高度。"

老编辑顿时对小仲马的做法发出了由衷的感叹。最终结果证明，小仲马一点也不比他的父亲差。

人生箴言
RENSHENG ZHENYAN

小仲马如果让世人都知道自己和大仲马的关系，他很容易成功；但他坚持独立，最终获得了和他父亲同样的高度。依靠他人的帮助，不会具有长久的辉煌。只有依靠自己，独立证明自己的能力，才能赢得他人的尊重。

自己的锣鼓点

　　六小龄童的美名，无人不知无人不晓，他在《西游记》里扮演的孙悟空，备受人们喜爱，被誉为"最经典的孙悟空形象"。虽然在他之后，也有很多人扮演过孙悟空，但始终无法超越六小龄童的高度。有人说："六小龄童就是孙悟空。"

　　很多人都不知道，在六小龄童被《西游记》剧组选中之前，他对自己能否演好孙悟空这个角色，其实是很没有信心的，因为六小龄童祖上三代都是演舞台剧的，对于在野外拍摄电视剧毫无经验。六小龄童虽然也曾跟着父亲六龄童演了多年的孙悟空，但那都是在舞台上。由于在舞台上是跟着锣鼓点走路的，或走或停都有一定的规矩，当导演要他在野外学猴子走路时，他便突然没了方向，没有了定律，再也找不到扮演猴子的感觉，不但走不好，手脚也不知道该放在哪里了。他的一举一动根本达不到导演的要求。

　　看到六小龄童的表现，导演感到疑惑不解，六小龄童向导演请教说："这里没有锣鼓点，我的步子该怎么走啊？我完全找不到演猴子的感觉。"

　　导演对他说："锣鼓点就装在你的心里。不要刻意去想它，你只要按照你心里的锣鼓点走路就行了。你自己就是美猴王，按照你心里的节奏去走、去演就可以了。"

　　导演一句话，让六小龄童找到了感觉。终于他根据自己心中的那个锣鼓点，给观众塑造出一个生动活泼、有血有肉的美猴王。

人生箴言
RENSHENG ZHENYAN

　　其实在人生中，每个人都有着自己的锣鼓点，这个锣鼓点也许是一份待遇不错的工作，也许是自己很依赖的一位生活老师、一个相交了多年的朋友，再或许是一件得心应手的工具。

　　一旦离开了熟悉的环境，如失去了那份工作，或者自己依赖的生活老师突然离去，那个相交了多年的朋友背叛了你，再或许那件自己用习惯了的工具突然坏了……这个时候，你最需要的就是找回锣鼓点，那个藏在你心中的锣鼓点！这个锣鼓点就是自信与独立，就是你人生的指南针，就是对生活的憧憬和对未来不灭的希望！

　　只要你的心里有了锣鼓点，就算风雨来临，你依然能稳稳地握住人生这只航船驶向胜利。

一个响亮的名字

　　当一个平凡的大学生带着他不平凡的经历站在所有中国人面前时，他，一个普通人感动了全中国。他有一个响亮的名字——洪战辉。

　　他没有魁梧的体魄，可他有高尚的灵魂；他没有健壮的身体，可他有一颗比钻石还璀璨还坚强的心。命运玩笑似的捉弄了他：父亲患病、妹妹夭折、母亲出走、家庭破碎、弃婴到来。可他硬是咬着牙，用那不宽的肩"扛"起了那个与他毫无血缘关系的妹妹，"扛"起了那支离破碎的家！就是如此不幸的大学生，在他最贫穷，最困苦的时候，都没有受过他人的接济。贫穷并不可怕，贫穷也不是接受他人"施舍"的理由。越贫穷，越要奋斗，越要靠不懈的努力来摆脱劣势。

　　正如"平静的海面炼不出精悍的水手，安逸的环境造不出时代的伟人。"洪战辉出生在逆境中，面对贫穷、困苦，洪战辉没有畏缩，他选择了奋斗，他在逆境中不屈不挠地成长起来了。从洪战辉身上，我们看到的是生命的硬度与韧性。我们感受到的是他那颗在烈火历练下的金刚石般的心。他的精神影响了我们这些莘莘学子。在报纸上，我们看到了正弓着背驮着妹妹求学的他；在网上，我们看到了弯着腰摆着地摊的他；在电视上，我们看到了正埋头苦读的他。

或许因为生活的压力，洪战辉很少直起腰板，但在我们心目中，洪战辉是一个顶天立地的男子汉！他是一个坚强的、有理想、有抱负、有原则、有志气的当代大学生。无论是在公众还是在媒体面前，洪战辉都会字字铿锵的说："把希望寄托在别人身上，你会感到无助；把希望寄托在自己身上，不会心乱如麻。"是洪战辉那一份对生活的希望，让他如此坚强！

人生**箴言**
RENSHENG ZHENYAN

当我们在学习中遇到拦路虎时，或者当我们的成绩徘徊不前时，不要彷徨，不要哭泣，不要轻言放弃，要始终对未来充满着一份希望、一份憧憬。我们要像洪战辉一样，自立，自强。在逆境中成长，发展自己。我们不能改变世界，但我们能在世界给予我们的磨难中获得一颗更坚强的心！洪战辉是不幸的，可他用他的坚强和意志写下了一撇一捺一个有力而遒劲的"人"字！只要信心不倒，什么都不能把自己打倒！只要奋斗，只要对生活抱着一份憧憬，就能趟出一条希望之路，就能翱翔在苍穹间，就能做个大写的人！

洛克菲勒家族

　　洛克菲勒是美国实业家、慈善家，以革命了石油工业与塑造现代慈善的企业化结构而闻名。1870年他创立了标准石油公司，在全盛时期他的公司垄断了全美90%的石油市场，成为美国第一位十亿富豪。

　　洛克菲勒从小就接受父亲严格的"金钱教育"。父亲从不白白给他零花钱，而是要他做"雇工"去挣，虽然"雇主"就是父亲。他有时到田里干农活，有时挤牛奶。他有一个专用于记账的小本子，每天干完活，他把自己的工作量化后，按每小时0.37美元计账，然后与父亲结算。他丝毫不觉得委屈，相反，他做得很认真，感到既神圣又趣味无穷。

　　洛克菲勒家庭认为，富裕家庭的子女比普通人家的子女更容易受物质的诱惑，所以他们对后代的要求比平常人家更加严格。家族中流行着"十四条洛氏用钱备忘录"，家族的每一代人都严格照此办理，并定期接受检查，否则，谁也别想得到一分钱的费用。

　　约翰·洛克菲勒的儿子小洛克菲勒，尽管知道其家族富甲天下，但从不在金钱上放任孩子。他有六个孩子，当他们七岁的时候，就开始向他们灌输如何对待"金钱"的观念。他像他的祖父一样"吝啬"，每周孩子们只可以领到三角钱"津贴"，但必须还要分成三部分：自己花、储蓄、施舍。每当孩子领津贴的时候，小洛克菲勒还会给他们发一个小账本，让他们用来记载每一分钱的用途和时间，每项开支都必须要有理由。周末进行检查，如果哪个孩子漏记了一笔账，就罚他五分钱；而记录无误的那个则可以得到五分钱的奖励。孩子们像他们的祖父一样，可以用劳动去挣钱。

小洛克菲勒的三儿子劳伦斯七岁、二儿子纳尔逊九岁的时候，取得了擦全家皮鞋的"特许权"。他们清晨六点起床开始干活，每双皮鞋五分钱，每双长筒靴一角钱。后来，孩子们又找到一个挣钱的活，他们开垦了一个菜园，种了西葫芦、南瓜等，丰收的时候，他们个个兴奋极了。父亲按市场价格买了四儿子温斯洛浦的黄瓜，其他孩子则把他们的产品装在童车上，到市场上去卖。父亲还曾经亲自教儿子们缝补衣服，并告诉他们——烹饪和缝补之类的事不是只应该妇女去干。

人生箴言
RENSHENG ZHENYAN

洛克菲勒的父亲和小洛克菲勒的行为并非有意苛待孩子，而是为了从小培养孩子勤劳节俭的美德和艰苦自立的品格。原因正像小洛克菲勒所说的："我要他们懂得金钱的价值，不要糟蹋它。"那小账本上记载的不仅是孩子打工卖力的流水账，更是孩子接受磨难和考验的经历！钱的知识与道德教育有紧密联系。懂得钱应该经过劳动赚得后，便会产生爱惜钱的心理，便会学着去储蓄、避免浪费。懂得节约用钱、计划开支，可以很好地培养孩子们的独立精神。

海伦·凯勒的奇迹

　　海伦·凯勒好像注定要为人类创造奇迹，或者说，上帝让她来到人间，是向常人昭示着残疾人的尊严和伟大。她一岁半时突患急性脑充血，连日的高烧使她昏迷不醒。当她苏醒过来时，眼睛烧瞎了，耳朵烧聋了，那一张灵巧的小嘴也不会说话了。从此，她坠入了一个黑暗而沉寂的世界，陷进了痛苦的深渊。

　　然而，一个人在无声、无光的世界里，要想与他人进行有声语言的交流几乎不可能，因为每一条出口都已向她紧紧关闭，但是，海伦是个奇迹。她竟然一步步从地狱走上了天堂，不过，这段历程的艰难程度超出任何人的想象。她学发声，要用触觉来领会发音时喉咙的颤动和嘴的运动，而这往往是不准确的。为此，海伦不得不反复练习发音，有时为发一个音一练就是几个小时。失败和疲劳使她心力交瘁，一个坚强的人竟为此流下过绝望的泪水。可是她始终没有退缩，夜以继日地刻苦努力，终于可以流利地说出"爸爸""妈妈""妹妹"了，全家人惊喜地拥抱了她，连她喜爱的那只小狗也似乎听懂了她的呼唤，跑到跟前直舔她的手。

　　1894年夏天，海伦出席了美国聋人语言教学促进会，并被安排到纽约赫马森聋人学校上学，学习数学、自然、法语、德语。没过几个月，她便可以自如地用德语交谈；不到一年，她便读完了德文作品《威廉·退尔》。教法语的教师不懂手语字母，不得不进行口授。尽管这样，海伦还是很快掌握了法语，并把小说《被强迫的医生》读了两遍。在纽约期间，海伦结识了文学界的许多朋友。马克·吐温为她朗读自己的精彩短篇小说，他们建立了真挚友谊。

海伦从小便自信地说："有朝一日，我要上大学读书！我要去哈佛大学！"这一天终于来了。哈佛大学拉德克利夫女子学院以特殊方式安排她入学考试。只见她用手在凸起的盲文上熟练地摸来摸去，然后用打字机回答问题。前后九个小时，各科全部通过，英文和德文还得了优等成绩，海伦怀着热切的心情开始了大学生活。

1904年6月，海伦以优异的成绩从拉德克里夫学院毕业。两年后，她被任命为马萨诸塞州盲人委员会主席，开始了为盲人服务的社会工作。她每天都接待来访的盲人，还要回复雪片一样飞来的信件。后来，她又在全美巡回演讲，为促进实施聋盲人教育计划和治疗计划而奔波。到了1921年，终于成立了美国盲人基金会民间组织。海伦是这个组织的领导人之一，她一直为加强基金会的工作而努力。在繁忙的工作中，她始终没有放下手中的笔，先后完成了十四部著作。

《给我三天光明》《我生活的故事》《石墙之歌》《走出黑暗》《乐观》等，都产生了世界范围的影响。海伦的最后一部作品是《老师》，她曾为这本书搜集了二十年的笔记和信件，而这一切和四分之三的文稿却都在一场火灾中烧毁，连同它们一起烧掉的还有布莱叶文图书室、各国赠送的

精巧工艺礼品。如果换一个人也许早就心灰意冷了，可海伦痛定思痛，更加坚定了完成它的决心。她不声不响地坐到了打字机前，开始了又一次艰难的跋涉。十年之后，海伦完成了书稿。

1968年6月1日，海伦·凯勒——这位谱写出人类文明史上辉煌生命赞歌的聋哑盲学者、作家、教育家，在鲜花包围中告别了人世。然而，她那不屈不挠的奋斗精神，她那带有传奇色彩的一生，却永远载入了史册，正如著名作家马克·吐温所言："19世纪出现了两个了不起的人物，一个是拿破仑，一个就是海伦·凯勒。"

人生箴言 RENSHENG ZHENYAN

海伦·凯勒是举世敬仰的作家和教育家。尽管命运之神夺走了她的视力和听力，这位女子却用勤奋和坚韧不拔、独立和自立的精神紧紧扼住了命运的喉咙。她传奇般的一生成为鼓舞人们战胜厄运的巨大精神力量。海伦·凯勒的独立精神，值得我们认真学习，并将之灵活地运用到生活学习的各个方面。

小老鼠的威力

　　清晨，一只小老鼠从一间房子里慢悠悠地爬出来，看到广阔的天空中放射着万丈光芒的太阳。小老鼠禁不住说："太阳公公，你真是太伟大了！"

　　太阳公公说："待会儿等你乌云阿姨出来的时候，你就看不见我了。"

　　一会儿，乌云出来了，遮住了太阳公公的脸。

　　小老鼠又对乌云说："乌云阿姨，你真是太伟大了！连太阳公公都被你遮住了。"

　　乌云却说："等到风姑娘一来，你就明白谁最伟大了。"

　　一阵狂风吹过，云消雾散，一片晴空。

　　"风姑娘，你是世界上最伟大的了！"小老鼠情不自禁地说道。

　　风姑娘有些悲伤地说："我并不伟大，你看前面那堵墙，我都吹不过呀！"

　　小老鼠爬到墙边，十分景仰地说："墙大哥，你真是世界上最伟大的了！"

　　墙皱皱眉，十分悲伤地说："你自己没有看到，你才是最伟大的呀！我

马上就要倒了，因为你的兄弟在我下面钻了好多的洞！"

果真，从墙角跑出了很多只小老鼠，墙大哥摇摇欲坠。

我们一定要相信自己，因为有了信心，就有了前进的勇气和力量，不管多么结实厚重的墙都能钻过去。是金子就会发光，是人才就会有用武之地。

重新写一遍而已

　　宽容是人性中最美丽的花朵，宽容是心理养生的调节阀。人在社会的交往中，吃亏、被误解、受委屈的事总是不可避免地发生，面对这些，最明智的选择就是学会宽容。

请你换一套衣服

　　胡皮·戈德堡是美国著名的黑人女演员，在全世界有很多支持她的影迷，由她主演的《修女也疯狂》注定是一部要载入艺术史册的经典影片。她在其中扮演了一位很另类的修女，但是了解戈德堡的人都说，这位修女其实并非她"扮演"的，而是就是她自己，因为戈德堡在平常的生活中就非常个性。

　　的确，戈德堡在日常生活中就是一位非常另类的女性，她的许多风格都跟周围人格格不入。尽管为此她深受打击与讽刺，但她依然装聋作哑地不改初衷。据戈德堡自己说，她的另类和个性得益于她母亲的教诲。

　　她说，自出生到长大，她一直居住在环境复杂的纽约市劳工区切尔西。她成长的时期正值嬉皮士乐队非常流行的时代，而她是一个很喜欢追随潮流的人。于是那时，她经常模仿歌星的穿着，身穿大喇叭裤，头发梳成阿福柔犬蓬蓬头，脸上也常涂满五颜六色的彩妆。为此，她常常遭到附近各类人士的批评。

　　她至今仍然对一件事记忆深刻，那是一个晚上，她约邻居友人一起去看电影。约会时间刚刚到，她便穿着一件扯烂的吊带裤、一件衬衫去赴约了。

结果，当她出现在朋友面前时，她朋友非常不满地对她说道："你必须换一套衣服。这样的穿着根本无法见人嘛。"

"为什么？"她不解地问道。

"你装扮成这个样子，要我怎么跟你出门呢？你自己觉得没什么，但我接受不了。"朋友生气了。

这下，她也生气起来，于是她回应道："要换你换！"邻居没再说什么，赌着气走了。

她并不知道，当她跟朋友争吵时，母亲就在一旁看着。她说："我永远也忘不了母亲当时告诉我的话，因为那些话成了我此后一生的座右铭。"母亲说："你可以去换一套衣服，变得跟其他人一样，也可以这样继续下去；但是，你要记住，当别人对你提出意见时，一定要对她们进行包容，而不是争吵。"

当时她受到了极大震撼，但正是从那一刻开始，她不再轻易和别人争吵，而是积极地包容别人。

人生箴言
RENSHENG ZHENYAN

　　戈德堡在母亲那里学到了包容。在现实生活中，你可以选择与众无异，也可以与众不同，但当别人对你提意见的时候，一定要学会包容他人。

重新写一遍而已

　　托马斯·卡莱尔是英国著名的史学家，他对法国革命历史有着独到的认识和见解。在朋友的鼓励下，卡莱尔决定撰写一部记录法国革命的文稿，并取名为《法国大革命史》。在经过多年的呕心沥血后，《法国大革命史》的全部文稿总算是完成了。卡莱尔长出一口气，看着自己的著作会心地笑了。他把这部巨著寄给了他的朋友米尔阅读，希望对方能批评指教，并给米尔写了一封信："亲爱的米尔，在你的鼓励下，我终于完成了这份文稿的写作。我现在把它寄给你，请你认真阅读，并给出您宝贵的修改意见。"

　　不想隔了几天，米尔突然脸色苍白、浑身颤抖地跑来找到卡莱尔，告诉他一个惊人的消息："整部《法国大革命史》的原稿，除了几张另加散页外，已经全部被他家里的女佣当成废纸，丢入火炉化为灰烬了。"

　　顿时，卡莱尔如雷轰顶，因为在写这部书的时候，他总是每写完一章，就把原来的笔记扔掉，到此为止，整部书稿没有留下任何记录！

　　米尔用颤抖地声音对卡莱尔说："卡莱尔，我不知道用什么语言来形容我现在的心情；但我知道，无论说什么也没法弥补你的损失。那个大意的女佣已经被我辞退了。如果你需要什么补偿的话，我一定会尽力而为的。请原谅我，亲爱的朋友。"

怎么办？怎么办？一时间，卡莱尔呆呆地坐在桌前，不知所措。他明白，无论现在做什么，都无法挽回现在的局面。卡莱尔没有选择抱怨，也没有对米尔进行斥责，他只是默默地坐在那里，脑子里思考着问题；但是不一会儿，朋友米尔发现他的脸色慢慢地舒展开来，然后，他便从抽屉里抽出了一大沓稿纸铺在桌上，再然后，他拿起了笔。原来，他是想重新写一遍！

"不必担心，我的朋友。这一切，就像小学时我把笔记簿拿给老师批改，老师说：'不行！孩子，你得重写，以便写得更好些！'接下来，我要做的，就是重新写一遍而已。"他对米尔说。

现在，我们读到的《法国大革命史》，就是卡莱尔重新写的那一部。

RENSHENG ZHENYAN

当事情已经发生的时候，抱怨是最无用的。我们应该学会宽容，不要为打翻的牛奶哭泣。如果事情已经够糟糕，就不要用悲伤、抱怨等把它变得更糟。宽容可以令我们保持头脑的清醒，然后重新开始一次，你会把它做得更好！

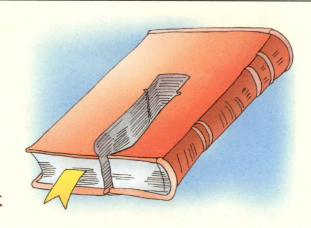

富翁的遗产

　　从前有一位富翁，年事已高的时候，决定写份遗嘱，把自己辛苦一生积蓄起来的财富全部留给一个儿子继承。他一共有三个儿子，遗嘱上到底应该填谁的名字呢？思索良久，富翁想出一个办法：让三个儿子都出去游历一年，然后让他们把在这一年中所做的最高尚的事情告诉他，谁能让他满意，谁就是财产继承者。

　　一年时间转眼就过去了，三个儿子陆续回到了家中。现在，富翁开始让三个儿子讲述自己所做的"高尚事情"了。

　　首先开口的是大儿子，只见他满脸得意之色，双手比划着："去年9月的时候，我在一个地方遇到了一位陌生人，因为谈得特别投机，他很是信任我。在前去别的城市办事之前，他把一袋金币交给了我保管。可是直到约定的日期过了许久，他还没有回来。我经过打听才知道。原来他出了意外，早已经死去了。于是，我费尽周折地找到他的家，把那袋金币原封不动地交给了他的家人。"

　　第二个开口的是二儿子，同大哥一样，他也眉飞色舞，一副自信满满的样子。他说："这件事发生在我回家的路上。经过一个贫穷落后的小村庄时，我看到一个可怜的小乞丐掉到湖里去了。当时村里的人都哈哈大笑着看他的笑话，他们觉得一个乞丐根本不值得一救。可我知道任何人的生命都是无价的，我立刻冲到河边，奋不顾身地跳了下去。救了他之后，我还把身上仅有的一点钱给了他，以便他能去买一身衣服和吃顿饱饭。"

轮到小儿子了，他低着头犹豫了半天，才犹豫着说道："父亲，我没有遇到两个哥哥那样的事情，我的这点小事根本就不值一提。这件事是我在去年刚刚离家的时候遇到的。我被一个小偷盯上了，一连几天，他都在想方设法害我，有一次我差点儿就死在他手上了。好不容易甩掉他之后，我很快就到达了目的地。可是不久，当我从一片悬崖边经过时，我发现那个人居然正在悬崖边的一棵树下睡觉。显然，他还在跟踪我。当时我只要一抬脚就能把他踢下悬崖，但我没有这么做，并且因为担心他一翻身会掉下悬崖，我还叫醒了他。后来，那个人再也没有跟踪过我。不过，唉，这实在算不上什么有意义的事情。"

"不！"富翁接道，"诚实、见义勇为都是一个人应有的品质，算不得高尚。在我看来，只有以德报怨的宽容心是最高尚的，所以我的全部财产都是老三的了。"

人生箴言
RENSHENG ZHENYAN

如果你不把伤害你的人当作仇人，他就会变成你的朋友。生活当中，宽容别人的人虽不多见，但他们的经历却足以证明，宽容别人的人不仅能在事业上越走越成功，还能在心灵上享受到人生的最高境界。

仇恨袋的故事

大力神赫拉克勒斯，是希腊神话中最伟大的英雄。他是宙斯与阿尔克墨涅之子。他神勇无比，完成了十二项被称为"不可能完成"的英雄伟绩。此外他还参加了阿尔卑斯远征，帮助伊阿宋觅取金羊毛，解救了被缚的普罗米修斯。有关他惩恶扬善、敢于斗争的神话故事，历来都是文学艺术家们乐于表现的主题。在现代语中赫拉克勒斯一词已经成了大力士的同义词。

赫拉克勒斯从来都是所向披靡、无人能敌的。他是何等的踌躇满志、春风得意，唯一的遗憾就是找不到对手。

有一天，他行走在一条狭窄的山路上，突然一个趔趄，他险些被绊倒。他定睛一瞧，原来脚下躺着一只袋囊。赫拉克勒斯大为不悦，心想："我是天下无敌的大英雄，居然被一个破袋子绊了一跤，真是太丢人了！"于是，他朝那个袋子猛踢一脚，那只袋囊非但纹丝不动，反而气鼓鼓地膨胀起来。

赫拉克勒斯恼怒了，大喊道："真是可恶，我要让你见识一下我的厉害！"于是挥起拳头又朝它狠狠地一击，但它依然如故，仍迅速地膨胀着。赫拉克勒斯暴跳如雷，拾取一根木棒朝它砸个不停，但袋囊却越胀越大，最后将整个山道都堵得严严实实。气急败坏却又无可奈何之下，赫拉克勒斯累得躺在地上，气喘吁吁，他很好奇这个袋子来自何方，为什么会越打越大。

　　不一会儿，一位智者正好路过这里，看见赫拉克勒斯气喘吁吁地坐在地上，感到困惑不解，赶忙上前询问原因。赫拉克勒斯懊丧地说："这个东西真可恶，存心跟我过不去，把我的路给堵死了"。智者淡淡一笑，平静地说："亲爱的赫拉克勒斯，你击打的这个袋子叫'仇恨袋'。当初，如果你不理会它，或者干脆绕开它，它就不会跟你过不去，也不至于把你的路给堵死了。你越对它施以恨意，它就会越来越大。"

RENSHENG ZHENYAN

　　人生在世，人际间的摩擦、误解乃至纠葛、恩怨总是在所难免。如果肩上扛着"仇恨袋"，心中装着"仇恨袋"，生活就会是如负重登山，举步维艰，最后，只会堵死自己的路。我们在现实生活中，应该学会宽容。

花园的围墙

　　一位富翁在别墅后开辟了一片小花园，里面种满了各种花草，芳香扑鼻。为了防止他人进入小花园，破坏里面的花草，这位富翁在小花园周围筑起了高高的围墙。

　　春天到来了，鲜花开放，美丽异常。园中扑鼻的花香在风儿的帮助下，飘到墙外，吸引了一群孩子爬过围墙，采摘这些美丽的花朵。当看到花园里的花被偷采时，富翁火冒三丈，同时又对被采摘的花朵感到惋惜。正巧，他的一个朋友来拜访他，这位富翁就把这件事对朋友说了一番。这位朋友对这位富翁提了一个建议："我看，你不如把围墙拆了，这样或许就能避免这种情况了。"富翁一听朋友的话，火气更大了："这么高的围墙都挡不住人，如果拆了不更要命啦，说不定还会有强盗来抢我的财产呢！"

　　朋友听了笑着说："就算你不拆，这围墙连一群孩子都挡不住，能挡得住强盗吗？"

　　富翁顿时哑口无言，想一想这话也有道理，这么一个围墙连一群孩子都挡不住，哪能挡住强盗呢。于是他便听从了朋友的劝告，让仆人把围墙拆掉了。

　　但出乎富翁意料的是，自从花园围墙被拆掉后，花朵几乎再也没被采

过，花种还增加了不少——许多人也都把自家的花栽到了这片美丽的园子里。就这样，富翁把美丽让给了大家的同时，也收获了更多的美丽。最重要的是，他还博得了大家的爱戴和尊敬。

再后来，一伙强盗潜入富翁家抢劫，正好被一个在花园里休息的小乞丐看到。小乞丐即刻报信给富翁，富翁的财产和性命都得以安全地逃过一劫。

"封闭"是常人眼中保证安全的最好做法，但它却往往难逃人们好奇心的劫难。在某些事情上，与其徒劳地筑起坚固的城墙，不如敞开大门，把灿烂的空间让给别人，对他人的行为进行包容和体谅。只有这样，别人才会以真心对我们进行回报。

陶罐里开出的花

　　有个乡下人，大年初一一开门，就发现有人在大门口放了一个装着骨灰的陶罐。这事儿干得够缺德的，大过年的，这么一闹就全没气氛了。

　　这人一转悠，就知道了，这"好事"是邻村的仇人干的——估计也就是你拿了他的钉耙、鸡鸭不还，他挖了你的萝卜、青菜之类的仇吧。

　　按说这事在村人眼中的确是犯了最大的忌讳——最快乐的时候硬添上最不快乐的色彩。就是圣明如孔夫子，遇到事儿还要骂一声"是可忍孰不可忍"，何况一村夫？骂是火力最低的，不过瘾的话还要打，最"酷"的就是将这罐玩意儿砸到他脑袋上去。只是这么一来，骨灰怕是变成真的了。这样的结局就一点也不"酷"了，怕是"哭"了。

　　起初，这位乡下人感到很气愤，觉得仇人在大过年的时候这样做简直太煞风景了，正要准备去找他算账，这时他的妻子拦住了他，对他说道："俗话说：冤家宜解不宜结，这件事交给我处理吧！"

　　宽容的力量可以四两拨千斤，危急关头，能够化险为夷，甚至转败为胜。

　　于是，他的妻子把陶罐拿到田里装了泥土，并种进一棵合欢花。

又是一年的大年初一，花开了，乡下人的妻子悄悄地把花送回那仇人的门口。这一天，当他的仇人看到开得灿烂的一束合欢花时，羞愧地低下了头，于是第二天亲自来到这位乡下人家里赔礼道歉，诚恳地说道："老兄，我输了。"

从此以后，两家的关系越来越好，成了村里津津乐道的一件佳事。

人生箴言
RENSHENG ZHENYAN

古人云：己所不欲，勿施于人。宽容是人生中最醇的佳酿，但它比最烈的酒更易醉人。正因有了它，生活才能令人更加陶醉。当别人无论怎样都无法激起你的怒气，无法煽起你的恶意，你也就具备了别人无法企及的人格，原谅别人是为了更好地善待自己。

独木桥

　　有一个村庄紧挨着大河，这一年发大水，大河涨水把原来的桥冲垮了。涝灾期间，为了方便与外界沟通，方便村民们出行，村民们在这条河上另架了一座桥——独木桥。因为是独木桥，所以如果同时有两个人，要去往相反的方向，必须有一个人先让路。

　　这一天，张冲出村赶集，恰逢马华从村外往村里走，两人便在独木桥上相遇了。因为两个人平时处得不是很好，张冲和马华都不想给对方让路，所以都抱着肩膀看天，等着对方退回去。不想10分钟过去了，彼此都没有后退的意思。急着赶集的张冲等不了了，对马华吼道："喂！你凭什么不给我让路，是我先走上桥的。"马华瞅他一眼："我凭什么给你让路？这桥又不是你家架起来的。"两人越吵越凶，最后干脆动手打了起来，结果两人都"扑通"掉进了河里。好在他们水性都很好，才没出什么意外。

　　张冲和马华刚刚气喘吁吁地爬上岸，就见桥两端又来了两个人，一个是挎着篮子的农妇，一个是拎着几只鸡的中年男人。只见农妇刚跨上桥，又退了回去："对面的，你先过吧。集快散了，再晚就来不及了。"看男人过了

桥，农妇也上了桥，一边走一边说："有句话叫'给别人让路，就是给自己让路'，看来真没错。"

"这句话好像是说给我听的。"张冲和马华心想，然后两人都脸红了。

给别人让路，就是给自己让路。在工作和生活中，用这个道理去解决所遇到的事情，宽容的对待一些人或事情，许多矛盾不都会迎刃而解吗？

华盛顿的朋友

　　1754年，华盛顿还只是一名上校。那年，他曾率领部下驻防在亚历山大市。在这里有一位华盛顿的朋友——佩恩。两个人很早就认识了。

　　在弗吉尼亚州议会选举议员时，华盛顿与佩恩曾因为支持的候选人不同而发生过激烈的争论。当时，华盛顿说了一些冒犯佩恩的话，火冒三丈的佩恩想都没想便一拳把华盛顿打倒在了地上。恰在这时，华盛顿的部下赶来了，几个卫士上前拉住佩恩，想为自己的长官报仇。出乎意料的是，华盛顿却一手抹着嘴角的血，一手拉住了部下："算了，算了，不要打。"然后又极力把他们劝回了营地。

　　第二天，华盛顿托人给佩恩送去一张纸条，说请他到附近的一个小酒馆喝酒。

　　佩恩料定必有一场决斗，便做好了充分的准备，尔后才赶赴酒馆。令他惊讶的是，华盛顿竟然真的如那张便条上所说，为他准备好了美酒而非手枪。

　　看到佩恩到来，华盛顿微笑着伸出手去："佩恩先生，我真诚地向你道

歉，昨天确实是我不对。不过你已经采取行动挽回了面子，呵呵。如果你认为这件事可以到此为止的话，请跟我握握手，我们可以做个朋友。"

佩恩瞪大眼睛，几乎傻了似的握住华盛顿的手。从此他成了华盛顿的狂热崇拜者。

以眼还眼，以牙还牙，这是大多数人解决矛盾的通常做法，但这却并非最好做法，因为这只会使仇恨不断升级，而无助于化解问题。有时候宽容不仅仅是一种性格，更是解决问题的方法。

不请自来的人

　　有一个部落酋长在处理日常事务时，遇到一件大事，他感到很为难，不知如何解决。于是，他让仆人去请十个德高望重的族人来，说要跟大伙一块儿商量商量。谁知到了第二天，原来定好的十个人居然变成了十一个，很显然，这其中有一个人是不请自来的。那个人至于为什么要这么做，酋长不得而知。

　　"如果有不请而来的人，请您赶快回去好吗？我们还有很重要的事商量。"酋长喊了一声。

　　但是十一个人没有一个人吭声，也没有一个人自动站出来。当然了，既然已经站到了这里，有谁愿意再承认自己资格不够呢？那可是一件让人非常难堪的事情，尤其是还当着这么多人的面。

　　"如果有不请而来的人，请您赶快回去好吗？请不要耽误大家的时间。如果你再不出来，我只有采取一些办法了。"酋长迫不得已又喊了一遍，声音也比刚才大了很多。

　　话音刚落，队伍中走出一人，竟然是全族中最有名望的那个老人。"是我，对不起，我耽误大家时间了。"他说道，然后转身走了出去。

　　看得出，这个老者是在为他人背黑锅，因为他知道，如果再没有人响应

的话，或者是酋长下不来台，或者是让那个仆人出来当面对质，让另一个人下不来台。这两种局面，都是这位德行高尚、心胸开阔的老者所不愿意看到的，于是他应声而出，使那位没被邀请者继续"混迹其中"，并保全了酋长的面子。

按常理来说，"没被邀请却执意前来"的人应该会被大家笑话甚至是鄙视才对，可是这位主动承认不请自来的老者，非但没有受到这种待遇，反而赢得了人们更高的赞赏和敬重。其中的原因，不说大家也都明白。

RENSHENG ZHENYAN

"不要仅仅为了顾及自己的脸面而让别人难堪"，须知只有给别人留足面子，你才可能有面子，我们需要积极地宽容对方。今天的自我委屈必会在某一时刻为你换来更具价值的东西。

小偷与艺术家

　　一天中午，刚刚回家的埃德蒙先生走到客厅门口，就听见楼上的卧室有轻微的响声，那种响声对于他来说太熟悉了，是小提琴的声音。

　　"有小偷！"埃德蒙先生急忙冲上楼。果然，一个大约13岁的陌生少年正在那里摆弄小提琴。他头发蓬乱，脸庞瘦削，不合身的外套里面好像塞了某些东西，毫无疑问，他是一个小偷。埃德蒙先生用结实的身躯挡在了门口。

　　这时，埃德蒙先生看见少年的眼里充满了惶恐、胆怯和绝望。这是一种非常熟悉的眼神。刹那间，埃德蒙先生想起了往事，愤怒的表情顿时被微笑所代替，他问道："你是埃德蒙先生的外甥吗？我是他的管家。前两天，埃德蒙先生说你要来，没想到来得这么快！"

　　那个少年先是一愣，但很快就回应说："我舅舅出门了吗？我想先出去转转，待会儿再回来？"埃德蒙先生点点头，然后问那位正准备将小提琴放

下的少年："你也喜欢拉小提琴吗？"

"是的，但拉得不好。"少年回答。

"那为什么不拿着去练习一下？我想埃德蒙先生一定很高兴听到你的琴声。"他语气平缓地说。少年疑惑地望了他一眼，但还是拿起了小提琴。

临出客厅时，少年突然看见墙上挂着一张埃德蒙先生在歌德大剧院演出的巨幅彩照，身体猛然抖了一下，然后头也不回地跑远了。

埃德蒙先生确信那位少年已经明白是怎么回事，因为没有哪一位主人会用管家的照片来装饰客厅。那天黄昏，回到家的埃德蒙太太察觉到异常，忍不住问道："亲爱的，你心爱的小提琴坏了吗？"

"哦，没有，我把它送人了。"埃德蒙先生缓缓地说道。

"送人，怎么可能！你把它当成了你生命中不可缺少的一部分。"埃德蒙太太有些不相信。

"亲爱的，你说的没错，但如果它能够拯救一个迷途的灵魂，我情愿这样做。"看见妻子并不明白他说的话，他就将经过告诉了她，然后问道：

"你觉得这么做有什么不对吗？""你是对的，希望你的行为真的能对这个孩子有所帮助。"妻子说。

三年后，在一次音乐大赛中，埃德蒙先生应邀担任决赛评委。最后，一位叫里特的小提琴选手凭借雄厚的实力夺得了第一名！在评判的过程时，他一直觉得里特似曾相识，但又想不起在哪里见过。

颁奖大会结束后，里特拿着一只小提琴匣子跑到埃德蒙先生的面前，脸色绯红地问："埃德蒙先生，您还认识我吗？"埃德蒙先生摇摇头。"您曾经送过我一把小提琴，我一直珍藏着，直到有了今天！"里特热泪盈眶地说，"那时候，几乎每一个人都把我当成垃圾，我也以为自己彻底完了，但是您让我在贫穷和苦难中重新拾起了自尊，心中再次燃起了改变逆境的熊熊烈火！今天，我可以无愧地将这把小提琴还给您了。"

人生箴言
RENSHENG ZHENYAN

　　给他人留面子，可以减少对别人的伤害。埃德蒙先生以自己的宽容之心，为小男孩保全了面子、保留了自尊，感化了他的心灵，改变了他的人生。

自信是举世无双的法宝

　　自信是一种美妙的生活态度，我们建立了自信，思想上会变得乐观、豁达，从而我们的生活也随之变得美好了。只要我们有自信心，它就会激发我们的生命力量。

马与虎斗

从前，有个人养了一匹马，主人每天都精心照料，把这马养得极其高大、骏美、雄壮而有力气。它头上长着长长的鬃毛，长得遮住了眼睛。

主人常常把它放到山中去吃草。因为马强壮的外形，山中的野兽都不敢去和它较量。

有一天，主人带它在山中散步的时候，遇到了一只老虎，老虎想吃掉它。它也不甘示弱，就扑向了老虎，和老虎搏斗起来。它们整整搏斗了一天都未分出胜负，马只好退了下来回到家中。

很多人都看见马和老虎搏斗，纷纷向马的主人称赞马的勇敢善斗。主人高兴地说："我的马真是雄壮呀！不过，我的马之所以没有战胜老虎，肯定是因为它头上的鬃毛太长遮住了它的眼睛，让它没有看清老虎的样子。如果把它头上的鬃毛剪掉，让它看得清楚些，它肯定会战胜老虎的。"于是主人二话不说，拿出剪刀便剪掉了马头上的鬃毛。

第二天，马的主人又带着它到了山上，果然又遇见了一只老虎。马的主人本来想观看一下自己的马战胜老虎的壮观场面，却没想到，那马见了老虎之后，立刻惊慌失措，站不稳，还没斗过三个回合就败给了老虎，被老虎吃掉了。

马的主人非常失望和惋惜。他本想让他的马战胜老虎，却最终失去了他的马。他在回家的路上一边走一边想："马为什么昨天那样勇敢善斗，而今天却这样怯懦无力？"

主人百思不得其解，便去询问村里一位德高望重的老者。

老者听完了事情的来龙去脉，说道："天下的事成功在于勇敢，失败在于怯懦。你的马第一天因为鬃毛遮住了它的眼睛不知道自己的对手是老虎，所以胆大勇猛不知道害怕；第二天，它的鬃毛被剪短了，它看清楚了自己的对手是老虎，所以精神上就变得胆怯、气馁，最后就失败了。"

RENSHENG ZHENYAN

那匹马前一天还能和老虎不分胜负，当看清了对手的威杀之气后，便勇气尽失，信心全无，结果连性命都没有保住。由此可见勇气是决定双方胜负的关键因素。

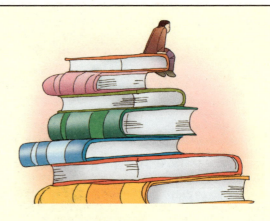

自信是举世无双的法宝

　　熟悉历史的朋友肯定都对亚历山大这个名字钦佩不已。亚历山大大帝生于马其顿王国首都派拉城，曾师从古希腊著名学者亚里士多德，十八岁随父出征，二十岁继承王位。他是欧洲历史上最伟大的军事天才，马其顿帝国最负盛名的征服者；他雄才伟略，勇猛善战，领军驰骋欧、亚、非大陆，使得古希腊文明广泛传播，是世界古代史上最著名的军事家和政治家；他创下了前无古人的辉煌业绩，促进了希腊古文化的繁荣和发展、东西方文化的交流和经济的发展，对人类社会文化的进展产生了重大的影响。

　　在远征波斯之前，亚历山大大帝决定"破釜沉舟"——他把自己所有的财产都分给了臣下。当必须购买种种军需品和粮食时，身无分文的他宣布轻松上阵，立刻上路。这可怎么办？将士们面面相觑、议论纷纷。一位叫庇尔狄迦斯的大臣忍不住站出来问道："尊敬的陛下，如此漫长的征途，您难道不应该带点什么东西再启程吗？""我已经带好了。"亚历山大目光坚毅地直视着前方说道。"已经带好了？"群臣大惑不解地重复着，然后禁不住异口同声地问了出来，"是什么，能给我们展示一下吗，陛下？""当然可以，我正要和大家分享。我带了一个举世无双的法宝，它的名字叫'自信'！"亚历山大回答道。

听到这句话，那位叫庇尔狄迦斯的大臣极为震撼，只见他立刻说道："那么，请允许我们也来分享它吧！"然后，他便宣布拒绝皇帝分给他的财产，而是接受了亚历山大分享给大家的自信。紧接着，在场的许多大臣都效仿了庇尔狄迦斯的做法。最后，整个军队都分享到了皇帝的"自信"。带着"自信"法宝远征的亚历山大大帝，不久之后便成功征服了希腊那片神奇的土地。

人生箴言
RENSHENG ZHENYAN

亚历山大大帝把"自信"这一法宝推广到了全军，所以他能够战无不胜。自信是力量之源，无坚不摧；自信也是成功的首要因素，攻无不克。在日常生活中，我们也要学习亚历山大，无论何时都满怀自信并且积极行动，成功必然会离我们越来越近。

音乐贺卡的启示

　　道尔已经在这家大公司工作很多年了，但一直都是个小职员，上司根本注意不到他的存在。道尔觉得自己的才能无法在这里得到施展，很想离开这家公司，却又怕离开后找不到更好的工作，所以道尔很惆怅，不知道自己应该怎么办。

　　这天晚上，当他正准备找东西时，他所在的小区忽然停电了。这时道尔突然想起来，要找的东西在几天前，被自己扔到了地下室里。他不得不去找蜡烛，可是家里的蜡烛早已经用完了；那些东西明天又要急用，而明天早晨天不亮自己就得出发。这就意味着，他必须在今晚就拿到那些东西，而这时偏偏又停电了，这可怎么办呢？

　　道尔急得团团转，祈祷着快点来电。正当不知如何是好的时候，他的手指不小心触动了一张音乐贺卡。顿时，贺卡响了起来。他打开贺卡，贺卡中有一个小小的灯泡，发出了亮光。

　　"可不可以用它来照明，去地下室试一试呢？"他拿着贺卡想，"也只能这样了，一点光亮总比没有光亮好得多吧。"就这样，借着音乐贺卡的光，道尔来到了地下室。地下室里非常黑暗，相比之下，贺卡上原本微弱的光顿时显得非常炫目。借助这卡片的光亮，道尔找到了他想找的东西。

　　回到房间之后，颇受启发的他不禁想道："一张小小的贺卡所发出的光都能派上用场，能力并不算差的我为何却甘心多年蜗居呢？既然上司不能发掘我的能力，我为什么不找一个能够发掘自己能力的地方呢？原来，我缺乏的是自信！"于是，多年不声不响的道尔突然作出了一个惊人的决定：辞职。这让他周围的人都感到万分惊讶。

　　从那家大公司跳槽后，他出人意料地找了一家只有几十个人的小企业，做了一个很普通的小职员，重新开始了自己的打拼生涯。充满自信的道尔工作极具热情，不久，他被提升为项目部的主任。又过了不久，他已经升至项目经理。经过数次跳槽，道尔成了一家跨国公司的董事长。

人生箴言
RENSHENG ZHENYAN

　　道尔本身具有很强的工作能力，但就是因为缺乏自信，才无法实现自己的价值。其实每个人都是一颗微不足道的星星，但如果充满了自信，那你便会成为同类中最耀眼、最引人注目的一颗。

一张脏了的钞票

　　肯定有很多人都不会忘记那次演讲。那是一次很特别的演讲，演讲者的每一句话都让听众发聋振聩，足够他们用一生去体会，尤其当他们遭遇挫折艰难时。

　　前来演讲的演说家他一生经历过无数磨难，那次演讲的主题就是：如何面对外界的坎坷。正当演说家激情澎湃地发表言论时，台下有人举起手来，"我可以问您一个问题吗？""当然可以，请说出您的问题。"演说家回答。"谢谢。我想问的是，您一生经历无数苦难，是什么支撑着你，一步一步走过来的呢？或者说，您成功的秘诀是什么呢？"

　　演说家面对听众的提问并没有着急回答，而是伸手从兜里掏出了一百块钱，环顾了一下在场的观众后问道："在我回答刚才那位朋友的提问之前，我先给大家出一道题目。这是一张一百元的钞票，现在我想把这一百块钱送给你们当中的某一位，有谁想要？"下面的观众一下子都举起了手，有几个年轻的听众喊道："给我吧，给我吧。"

　　演说家笑了笑，把那一百块钱揉了揉，攥成一团，又问道："现在有谁还想要？"观众们再一次举起了手，看样子，人数一点也没变。有人说道："这有什么啊，照样能用嘛。"

　　这时候，演说家把那个钱团扔在地上，使劲儿踩了一脚，然后捡起来问："现在呢？这张钞票已经脏了，还有谁想要？"观众依然高高地举着手，人数丝毫没有减少。

　　接下来，演说家说了一段意味深长的话："我知道，无论我怎么对待这张钞票，只要它还能花得出去，举手的人就不会少。虽然它皱了、脏了，但它的价值却一点不变，还是一百块钱。我们人，不也一样吗？无论挫折还是灾难，都只会改变我们的表面，不会改变我们的实质。只要你足够自信，相信自己的能力，能挺得住、不趴下，你就还是你，你的价值就永远不会变。这就是我的成功秘诀。"他的话声刚落，场内便立刻响起了热烈的掌声，久久不能平息。

人生箴言
RENSHENG ZHENYAN

　　演说家用钞票来比喻人生，非常生动形象，给全场听众带来了触动内心的感触。在我们日常生活中，决定你价值的，是你自己而非周围环境，岁月和遭遇只会影响人的表面。无论遭遇什么，只要你自信自强，你的生命价值就依然不变。

希尔顿大酒店

　　世界著名的希尔顿饭店，是它的开创者希尔顿以自己的名字命名的。希尔顿是个孤儿，年幼时又正遇到美国历史上最严重的经济大恐慌，无家可归的他，只好四处流浪，靠乞讨为生。当时人们的生活都不富裕，因此年幼的希尔顿经常挨饿。

　　有一次，小希尔顿流浪到了一座城市，在这里他还没吃过一顿饱饭。接连几个晚上，他都躲在一间大饭店门廊的角落里过夜，因为在这里至少还可以遮蔽风雨。就在一天半夜时分，他突然感到一阵疼痛，睁开眼睛一看，原来是饭店的门童正带着满脸的不屑使劲踢他。希尔顿揉了揉眼睛，站了起来。他刚一反抗，那个身型健壮的大男孩便把他拎起来扔到了距离饭店十米外的雪地上，并对他大肆辱骂，说："明天一大早，我们饭店集团的老板要来视察工作，你这个又脏又下贱的乞丐怎么可以待在这里过夜，你根本不具备这种身份！简直就是给我们丢人！像你这种人应该钻进垃圾筒里去睡觉，这种高级的地方你做梦都不配梦到！快滚吧，去找一个适合自己的垃圾桶吧！哈哈！"

　　听闻此言，希尔顿真是愤怒极了，他感觉自己受到了极大的侮辱。瘦小的他咬着牙，握着拳头，真想冲上去揍那个门童一顿。但是"好汉不吃眼前亏"，他冲上去也不是人家的对手，希尔顿显然没必要再给自己找麻烦。于是他指着那个可恶的门童，大声说道："你这个势利的家伙等着瞧，早晚有一天，我会开一家比你们饭店更大、更豪华的酒店，记住我现在所说的话！"不想门童却嘲讽地吹了一声口哨，说道："那太好了，你抓紧时间哦。到时候，我去给你打工，我的老板！"这句挑衅的话更是激起了小希尔顿奋斗的决心。

那夜之后，他历尽艰难找到了一家肯雇用童工的工厂，玩命地工作，并存下自己所赚的每一分钱。辗转数年之后，希尔顿终于破茧而出，创立了第一家"希尔顿大饭店"，并迅速扩充成全世界最大的饭店集团之一———希尔顿饭店集团。

RENSHENG ZHENYAN

充满自信的希尔顿最终实现了自己的梦想。你不必报复那些给你带来屈辱的人，只需要让你自己活得更好，因为你的优秀是对他最大的报复。要树立起自己的自信心，它是你开创伟大事业的最佳动力。

居里夫人的成功

　　玛丽·居里是第一个荣获诺贝尔物理学奖的女性科学家，也是第一位两次荣获诺贝尔奖的伟大科学家。

　　当居里夫人从理论上推测到了新元素镭的存在时，巴黎大学的董事会拒绝为她提供她所需要的实验室、实验设备和助理人员，因为她无法用事实来证明这一点。无奈之下，相信自己能够找出镭的居里夫人只好把校内一个无人使用、四面透风漏雨的破棚子当成"实验室"。她把从矿上收集到的沥青矿渣用大麻袋运回，开始了伟大的发现之旅。

　　当然了，实验室里的"设备"简陋得"无与伦比"，一口煮饭用的大铁锅、一根粗棒子以及一些必要的试剂和试管便是居里夫人全部的实验家当，而用那根粗棍子不停搅拌锅中煮沸的沥青液体，便是她的整个实验过程。她期待着自己石破天惊的那一刻，在整整四年中她不辞劳苦地工作着。最初两年，这位日后震惊全世界的化学家干的其实是粗笨的化工厂的活儿，接下来的两年，才是她试验的初衷——分析沥青溶解后的分离物，也就是镭。

　　经过一千多个日日夜夜的辛苦劳作，"实验室"外面那八吨堆得像小山似的矿渣终于变成了她面前器皿中的这一小点液体。居里夫人满怀期望地等待着，等待着这些液体结成一小块晶体（镭）的时刻。可是等啊等啊，半小时、一小时过去了，原本激动不已的她感觉越来越沉重——玻璃器皿中的液体，她四年来的汗水和八吨沥青矿渣的最后结果，居然只是一小团污迹！

夜深人静的时候，疲倦至极又失望之至的居里夫人回到了家，她躺在床上，无论如何都不能入睡，她不甘心，她想找出自己失败的原因。

"只要能找出自己为什么失败，我就不会对失败这么在意了。可是到底为什么呢？为什么它只是一团污迹，而不是一小块白色或无色的晶体呢？那才是我想要的镭啊！"居里夫人一边想，一边自言自语着。忽然她眼睛一亮：既然谁都没有见过镭，凭什么自己这么肯定镭是白色或无色的晶体呢？没准儿，那一小团"污迹"正是自己最想要的东西啊！

想到这里，居里夫人翻身下床，以最快的速度朝实验室跑去。结果还没等开门，她便从"实验室"的墙缝里看到了自己伟大的"发现"——白天器皿中那毫不起眼的污迹，此刻正在黑夜中散发着耀眼的光芒！"镭！"居里夫人惊喜地叫了出来。没错，这就是镭，一种具有极强放射性的元素。

人生箴言
RENSHENG ZHENYAN

在追求梦想的道路上，碰见坎坷是家常便饭。我们要做的就是保持自己的自信。只要自信心存在，我们就具备克服一切困难的能力。

拿破仑的后代

这位法国男人在四十二岁时，仍然一事无成。因为自己的倒霉透顶，自卑至极的他一直在怨天尤人。的确，他是够倒霉的，先是失去了儿子，紧接着妻子跟他离了婚；不久后，他经营的小商店又破产了，好不容易找了个糊口的活儿，金融危机一爆发，他又成了失业大军中的一员。他对自己、对别人、对整个世界都非常不满，变得十分怪异、易怒和脆弱。

这一天，他在回家途中遇到了一个来自吉卜赛的算命先生，听说这位算命先生能够预知未来，便将信将疑地把手伸了过去。对方细细地打量了一番他的手相，表情古怪地瞅着他说道："先生，能够为您算命我感觉十分荣幸。"

"为什么？"他皱着眉头，不解地问道。

"因为您非常了不起，您是一位伟人的后代！我可以确定！"吉卜赛人以十分肯定的口气说道，"把您的生日告诉我好吗？"

大吃一惊的中年男人报出了自己的生日。

"果然不错！我真是太荣幸了，我居然遇到了拿破仑的孙子！"吉卜赛人高兴地喊道。

"你说我是拿破仑的孙子？"中年男人感到又好气又好笑，他快要喘不过气来了。

"没错！"吉卜赛人再次肯定地点着头，"您知道吗？您身体里流的血、您的勇气和智慧，都是拿破仑遗传的啊！您不觉得，您的相貌都有些像拿破仑吗？"

中年男人细细一想，自己好像是跟拿破仑有些像。"可是，可是我是个倒霉鬼，是个穷光蛋，是个被生活抛弃的人！"他犹犹豫豫地告诉吉卜赛人，"我儿子死了，妻子走了，工作也丢了，我几乎已经无家可归了。您认为伟大的拿破仑会有这样无用的后代吗？"

"正是这样！这是必然的苦难！"吉卜赛人点头赞同道，"您一定要经历这些的，否则您就不能成功了。现在，那一切都过去了，好运就快来临了。十年之后，您将是全法国最成功的人，因为您是拿破仑嫡传的后代！"

离开吉卜赛人后，表面镇静的他心里升腾起一种无比美妙的感觉，同时又涌动起无穷的力量。"原来我是拿破仑的孙子！我一定要像爷爷那样辉煌！不能辜负爷爷的威名！"他自言自语着。

他渐渐地发现一切都变了，人们不再对他敬而远之，刚起步的事业也异常顺利。"拿破仑的孙子"原来魅力这么大啊！他美滋滋地想。

十三年后，五十五岁的"拿破仑的孙子"已经成了亿万富翁，成了法国赫赫有名的成功人士。他究竟是不是拿破仑的孙子呢？管它呢，现在这个

问题已经不重要了，不是吗？

RENSHENG ZHENYAN

这位法国人究竟是不是拿破仑的后代，我们不得而知，但我们可以知道一件事，树立起自信的他获得了成功。世界一直朝着你所希望的方向发展——如果你颓废、自卑，它则满目疮痍；如果你积极、乐观、充满自信，它则阳光明媚。如果你能够改变你自己，而且，你只有改变你自己，你的世界才会跟着改变。

下一个轮到你了

　　美国保险推销大王法兰克·贝格有一段影响他终身的亲身经历。这段经历给贝格树立了无比的信心。

　　别看贝格是美国保险业的金牌推销员，他最初投身此行业时并不是一帆风顺。当他最失败、感觉最无望，甚至决定换一个职业时，一位朋友推荐他去参加成功学大师戴尔·卡耐基开设的某门课程，并且告诉他说那门课非常适合他，相信他能通过那一课程走上成功的捷径。但贝格却没有了热情，最后在朋友的鼓励下，他才来到了会场。

　　可是，直到走进那个教室，贝格才发现朋友推荐的是"大众演说课程"，也就是让学员们挨个儿上台演讲，以培养他们面对众人开口讲话的能力。这可是贝格最害怕的事情，因为他为此受过的挫折太多了。此时，他发现正在讲台上演讲的小伙子，说话磕磕巴巴，语意根本表达不清楚。这个小伙子刚讲完，下面就站起一人给他进行了点评。于是他对自己说："也许台上的这个人像我一样，紧张、害怕又胆小，否则他就不会这么磕磕巴巴的。

既然他能站在台上讲，为什么我不能呢？既然来了，我就上去讲讲又能怎么样呢？"

想到这里，贝格在教室最后面找了个位子坐了下来。刚坐下，给刚才那位学员点评的人便走过来了。按照朋友的描述，贝格认出这人就是赫赫有名的戴尔·卡耐基，只听对方告诉他说："我们的课程已经上了一半，你最好等一段时间再来，新课程将会在一个月内开始。"

"不，我希望现在就加入。"贝格鼓起勇气说道。

"好！"卡耐基先生微笑着赞叹道，并握住了他的手，"下一个轮到你讲了！请上台吧！我看好你！"

顿时，贝格紧张起来，虽然事先有所准备，但他完全没有意识到事情居然来得这么快！他手脚颤抖地走上了讲台，如果不是紧紧地抓着桌角，他一定会被吓得瘫倒下去。他最后说了出来，虽然言语不多，但对他而言却是一项空前的成就。要知道在此之前，他甚至连在一群人面前开口说"大家好"都不敢。

此后的三十年里，第一次上台演说的情景一直留在贝格的脑海中，那是他生命的转折点。自从经历那件事后，贝格变得越来越自信，越来越有勇气，而渐渐扩大的视野和不断高涨的热情也让他的说服力越来越强，并最终帮他把推销事业推上了顶峰。

后来，当记者就成功经验这一话题采访这位著名的推销大王时，贝格回答道："多年来，卡耐基先生所说的那句'下一个轮到你讲了'始终在我耳边徘徊，它推动着我迈出了一个个的第一步。因为这众多成功的第一步，我才有了今天的成就。"

RENSHENG ZHENYAN

　　"万事开头难"，但只要勇敢地迈出第一步，成功便会随后而来，自信就是这么一点点建立起来的。如果你连第一步都迈不出去，那成功就会是一个永远的白日梦。勇敢地迈出第一步，你会发现世界很开阔。

你不是乞丐

　　有一个人，他把自己拥有的全部财产都投资在了一种小型制造业上，但由于世界大战的爆发，他无法取得生产所需的原料，不能制造出商品赚钱，最后只好宣告破产。一夜之间，他丧失了他所有的金钱，这使他大为沮丧。于是，他离开了自己的妻子儿女，离开了自己的家乡，成了一名流浪汉。他对于这些损失久久不能忘怀，而且越来越难过，甚至想要跳湖自杀。

　　一个偶然的机会，他看到了一本名为《自信心》的小书。这本书给他带来了勇气和希望，他决定找到这本书的作者，请作者帮助他再次站起来。

　　当他找到作者，讲述完他的悲惨经历的时候，这位作者却对他说："我已经以极大的兴趣听完了你的故事，我希望我能对你有所帮助，但事实上，我却没有能力帮助你。"

　　听完作者的话，流浪汉的脸刷地一下变苍白了，他的最后一点信念也被摧毁了。他低下头，喃喃地说道："这下子完蛋了"。

　　作者停了几秒钟，然后说道："虽然我没有办法帮助你，但我可以介绍你去见一个人，他可以协助你东山再起。"刚说完这几句话，流浪汉立刻跳了起来，抓住作者的手，感激涕零地说道："看在老天爷的份上，请带我去见这个人。"

于是作者把他带到一面高大的镜子面前，用手指着镜子说："我所说的那个人就是镜子里的这个人。在这世界上，只有这个人能够使你东山再起。除非你坐下来，彻底认识这个人，否则，你只能跳到密歇根湖里，因为在你对这个人有充分的认识之前，对于你自己或这个世界来说，你都是个没有任何价值的废物。"说完，作者就离开了。

流浪汉朝着镜子向前走了几步，他用手摸了摸他长满胡须的脸孔，看着自己佝偻的身体和破烂的衣衫，他情不自禁退了几步，低下头，开始哭泣起来。

一个月之后，作者在街上被一个人拦住了，作者回想了一会，似乎自己并不认识这个人。这个人的步伐轻快有力，头抬得高高的。这个人从头到脚打扮一新，看来是很成功的样子。这个人开口说："那一天我离开你的办公室时，还只是一个流浪汉，但我对着镜子找到了自信。现在我找到了一份年薪三千美元的工作。我的老板先预支一部分钱给我家人。我现在又走上了成功之路了。"没错，这个人正是那日的流浪汉，他还风趣地对作者说："我正要前去告诉你，将来有一天，我还要再去拜访你一次。我将带一张支票，签好字，受款人是你，金额是空白的，由你填上数字，因为你介绍我认识了自己，多亏你要我站在那面大镜子前，把真正的我指给我看。"

RENSHENG ZHENYAN

很多人在小的事情上能够保持自信，而一旦面对挑战性比较大、实现起来需要很大难度的事情时，往往就退缩了，因为他们没有足够的自信。生活中又有多少人能像这位流浪汉一样，在失意的时候重拾信心呢？

没有什么是"随便"

责任心就是关心别人，关心整个社会。有了责任心，生活就有了真正的含义和灵魂。世界上有许多事情必须做，但你不一定都喜欢做，这就是责任的涵义。

水晶大教堂的来历

1968年，美国著名的罗伯特·舒乐博士突发奇想，打算在加利福尼亚州，用玻璃建造一座水晶大教堂，因为他觉得，这可以最大限度地体现教堂的尊严。在产生这个念头之后，舒乐博士便来到著名的设计师菲利普·约翰逊家里，请求约翰逊的帮助。

在描述完自己的构想后，他便向约翰逊咨询起建筑预算，并且十分坚定地对对方说："我现在一分钱也没有，零美元与100万美元的预算对于我来说没有什么区别。但重要的是，这座教堂本身要具有足够的魅力来吸引捐款。"约翰逊笑道："既然你没有钱，那为什么还要建造这么一座玻璃教堂呢？""我觉得我有这个责任！"舒乐坚定地说道。

经过精心计算，菲利普·约翰逊告诉舒乐博士，建造这么一座教堂至少需要700万美元。听清这个数字后，舒乐博士没有任何表情和话语，他平静地拿出一张白纸，在上面写下了"700万美元"，然后又写下如下10行字：

寻找1笔700万美元的捐款；寻找7笔100万美元的捐款；寻找14笔50万美元的捐款；寻找28笔25万美元的捐款；寻找70笔10万美元的捐款；寻找100笔7万美元的捐款；寻找140笔5万美元的捐款；寻找280笔2.5万美元的捐

款；寻找700笔1万美元的捐款；卖掉1万扇教堂窗户，每扇700美元。然后，舒乐博士长长地出了一口气，似乎已经打定了某种主意。

两个月后，他用水晶大教堂奇特而美妙的模型打动了当地的一位富商约翰·可林，这位富商捐出了第一笔100万美元。

三个月后，一位被舒乐博士的精神所感动的陌生人，在舒乐博士生日的当天寄给舒乐博士一张100万美元的银行支票。

六个月后，又一名捐款者对舒乐博士说："如果你以你的诚意与努力能筹到600万美元的话，那剩下的100万美元我将会全部支付给你。"

第二年，舒乐博士开始以每扇500美元的价格请求美国人认购水晶大教堂的窗户，付款的办法为每月50美元，十个月分期付清。六个月内，1万多扇窗户全部售出。

1980年9月，历时12年，可容纳1万多人的水晶大教堂竣工。水晶大教堂最终的造价为2 000万美元，这些钱全部是舒乐博士一点一滴筹集起来的。

当有人问起舒乐博士为什么这么做时，舒乐博士的回答总是很简单："我觉得我有这个责任。"

人生箴言
RENSHENG ZHENYAN

没有不可能，只有不去做。阻碍理想实现的最大障碍永远是我们自身。只要勇敢担负起"责任"二字，并坚持不懈地做下去，最适合你的那条成功途径终究会被你找到。

大火烧不掉的责任

20世纪30年代初，一场经济危机疯狂地蔓延至整个资本主义世界，全球的资本主义国家无一幸免。人们纷纷失业，资本主义国家经济处于崩溃的边缘。就在如此困难的时刻，美国哈理逊纺织公司又遭遇了一场灭顶之灾，不知什么原因，一场大火席卷了整个工厂，所有的厂房、设备、存货等等一切都化为了灰烬。

工厂的3 000余名员工，在突如其来的灾难面前目瞪口呆，他们几乎崩溃了，要知道，他们可全都指望工厂来养家糊口呢。工人们一个个悲观无比地回到家中，绝望地等待着董事长宣布破产和失业的来临，有的员工已经打算寻找新的工作了。然而，出乎他们意料的是，经过漫长的等待，董事会居然给每个人寄来了一封这样的信：向全公司所有员工继续支付一个月薪水。这封信，让全体员工都感到异常惊喜。

一个月后，正当大家再次为以后的生活陷入忧愁时，董事会的信又来了：向全公司所有员工再支付一个月薪水。

如果说接到第一封信让几千名员工感觉意外和惊喜的话，那么这第二封信简直让他们热泪盈眶。确实，在失业席卷全国、人人生计无着无落之际，能得到如此照顾，谁会不感动万分呢？

　　结果正像董事长所期望的那样，上千名员工在收到第二封信的当天，便纷纷涌向公司，积极清理起废墟、收拾起残局来，甚至还有人主动到南方联络被中断的货源。员工们对公司的重建，投入了极大的热情。

　　三个月后，新的哈理逊公司重新出现了，几千名员工重新拥有了工作。后来有人问哈理逊公司董事长，为什么要给全体员工支付那两个月的薪水，董事长是这样回答的："他们都是公司的员工，我有责任为他们的生活着想。"至于员工们纷纷回到公司，参加重建的原因，一名员工代表是这样解释的："公司为我们考虑的太多了，我们有责任将其重建！"

　　今天，哈理逊公司已经成了全美国最大的纺织品公司，其分公司遍布五大洲的五十多个国家。

人生箴言
RENSHENG ZHENYAN

　　董事长认为公司有责任为员工着想，而员工则认为有责任为公司付出。正因为如此，哈理逊公司才能够如此辉煌。这就是责任的力量。当我们担负起自己的责任时，辉煌距离我们就很近了。

你为什么不尽力

一位出色的海军青年军官走进了海曼·里科弗将军的办公室。里科弗将军接见了他。

"请坐，小伙子！"

"谢谢将军。"

坐定之后，将军请他挑选任何他所希望讨论的领域进行谈话。将军说道："我觉得我们之间的交谈，应该确定一个或几个话题。这样我们能够快速找到共同点，也便于彼此的交流和沟通。"青年军官答道："是的，将军，我觉得确实应该确定一个话题。如果可以的话，我决定选择时事、音乐、文学、海军战术、电子学这几个话题。"

"好的。这几个话题我也比较感兴趣。"

在整个谈话过程中，将军一直在注视着青年军官的眼睛，并不断地问这问那。当青年军官被问得瞠目结舌时，将军微微一笑。顿时，青年军官明白了将军的用意——自己挑选的这些自以为懂得很多的问题，看来都知道得很少，更何况其他的呢？这下坏了，肯定得受到将军的严厉批评了。

正当青年军官为自己的无知感到羞愧时，将军又问道："你在海军学院的学习成绩怎样？"

"在820人的年级中，我名列第59名。"这个问题让青年军官稍稍释然了一点。诚然，这个成绩还算是不错的，但是由于有刚才的教训，他的语调和表情依然很谨慎。

"哦，那你竭尽全力了吗？"将军微笑着反问道。

"没有。"青年军官摇摇头回答道。显然，他希望通过这个回答透露给对方两个信息：一是自己很谦虚；二是自己还有更大的发展空间。

谁知将军根本不买账，说："哦，那你为什么不竭尽全力呢？年轻人，请记住，尽全力是你的责任！"

立刻，青年军官窘得无话可说了，是啊，自己为什么不竭尽全力呢？之后，他便沉默着退出了里科弗将军的办公室。

在此后的几十年中，青年军官一直把将军的那句话当成自己的座右铭，无论做什么事，他都会"竭尽全力"。凭着这种精神，数年之后，他成了美国的第三十九任总统，他的名字叫作詹姆斯·厄尔·卡特。

RENSHENG ZHENYAN

不要用"我还没尽力"之类的话来掩饰自己的失败，这其实是弱者的借口。我们在日常的学习中，也会经常听见此类的话，"我虽然这次没考好，但没关系，我还没尽力呢。"诚如将军所说，尽力而为是我们的责任。在学习的道路上，我们必须全力以赴。

对不起，我失约了

卡尔·威勒欧普是百事可乐的总裁。一次他到卡罗拉多大学去作演讲，这次演讲对他非常重要。因为眼前的大学生将是他企业发展的重要目标和动力，所以他兴致勃勃地从上学讲到了谋生、创业、商业成功的法则。

正当他滔滔不绝地演讲时，一个人推门而入，径直走向讲台递给他一张名片，那张名片背面写下了这么一句话："您和杰克·凯非非在下午4点有约。"

卡尔这才猛然醒悟过来，原来，他光顾着演讲，没注意到时间早已经过了与杰克约定的四点。虽然对方只是一个名不见经传想向他取取经的小商人，虽然眼前的大学生们对于他的事业至关重要，但卡尔依然没有犹豫地抱歉道："我很想与你们多谈一会，但是我有一个约会，现在已经迟到了。我需要赶去向他道歉，所以只能先对你们说抱歉了。"

见到杰克时，卡尔的第一句话便是："对不起，我失约了。为了表示惩罚，我将延长我原计划与您谈话的时间。"

这件小事让杰克甚为感动，后来，他成了百事可乐的第一大经销商。

RENSHENG ZHENYAN

简单的一两句道歉的话，就能显示你做人的准则和对他人的态度，你收获的不仅仅是他人对你的认同，更是你取得成功的捷径。

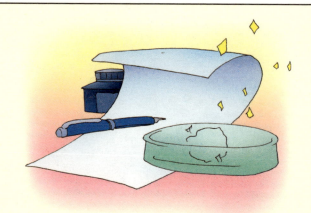

父亲的责任

　　詹姆斯·伍兹是美国家喻户晓的电影明星，曾经在1987年、1997年分别以《突破炼狱》与《等待黑色黎明》入围奥斯卡最佳男主角以及男配角奖。当他获得金色环球和埃米金像奖，在接受记者采访时，有记者问了这样一个问题："你最尊重的人是谁，为什么？"以下就是伍兹的回答。

　　我父亲戎马一生，没有过过几天好日子，连最该轻松快乐的童年都是在大萧条时期度过的，我母亲也一样，所以，他们一直很希望能让自己的孩子得到他们自己在童年时渴望得到却又无法得到的东西。

　　我八岁那年，忽然迷上了电唱机，并将在圣诞节那天得到一台电唱机当成了自己最大的梦想。当时，父亲的薪水非常微薄，并没有多余的钱帮我实现梦想，但出乎我意料的是，他居然真在圣诞节那天送了我这份礼物。后来我才知道，为了攒齐这笔钱，父亲找了份兼职做，并为自己的下属连续服务了一个月，而做兼职的时间，是每天午餐的一小时。

　　一年后，也就是我九岁那年，父亲因为心脏问题病倒了。做手术时，因为输血的血型配得不好，父亲体内发生了溶血现象。在最后的五天里，他意识到自己将不久于人世了，便打电话给我那才三岁的弟弟，对他说自己已经去世了，并且已经到了天堂。他说："上帝让我打电话给你，和你说再见。

孩子，你不要害怕，也不要难过，因为我过得很好，我只想让你知道我很想念你。"

　　然后，他从母亲怀里挣扎起来，给我写了一封信，因为当时我尚在学校，并且即将参加学校为优等生举办的颁奖午餐会。在信中，他告诉我说他一直为我在学校里的成绩感到骄傲，并且预言我一定能考上麻省理工学院——后来我果真上了麻省理工学院。他还对我说，他相信无论做什么事，只要尽力就肯定能成功。

　　母亲把这封信交给我，是在我参加完那次颁奖午餐会之后——这是父亲的意思，他怕影响我的心情。在我的记忆里，父亲只因为一件事跟母亲真正争吵过。当时，父亲很想为我们已经抵押出去的住房买份保险，而母亲则认为没有必要，并且坚持说家里没有钱买这份保险。"这笔投资是省不得的，要是我有什么不测，你和孩子至少还能保住这屋子。"父亲说。直到最后，母亲也没同意这件事。

　　六个月后，父亲真的去世了，这让我们措手不及，而正当我和母亲担心被赶出家门时，保险公司的理赔员送来了一张支票，那笔钱正好够我们交所欠的房款。原来，父亲在去世之前一直偷偷地攒钱买这项保险——直到安静地躺在墓地时，他还在关怀和照料我们。

　　至于我为什么尊敬我的父亲，因为我的父亲尽到了自己的责任。

人生箴言
RENSHENG ZHENYAN

　　一个人，要想赢得真正的尊重，就必须承担起自己应该承担的责任，并且用一生时间来证明自己是个负责的人。

沉重的背篓

  有位青年因为生活压力太大，整天唉声叹气，但总也找不到解决问题的办法。这一天，他去山中寻找一位著名的哲人，希望对方能够给他一个解脱之法。

  这位哲人听完他的诉说后，并没有直接给他讲什么大道理，而是拿过一个篓子让他背在肩上，然后指着门前上山的路说："我在山顶等你。你背着这个篓子上去，每走一步就得从路边捡一块石子，到山顶时，告诉我你的感受。"

  说完，哲人就快步向山上走去，只剩下感到莫名其妙的青年在后面慢慢地捡石头。

  一个小时后，青年背着一篓石子气喘吁吁地到达了山顶。不等他稍作休息，哲人便问道："给我说说你这一路上的感觉吧。"

  "篓子越来越沉，我越来越无法承受。"青年一边擦汗一边说道。

  "这就是你的生活为什么越来越沉重的原因！"哲人大声说道。

  "嗯？为什么呢？请你解释一下。"青年更加迷惑不解了。

  "每个人来到这个世界上的时候，都背着这样一个空篓子。就像上山似的，人生每走一步，我们都要从这个世界上捡一样甚至是几样东西放进去，所以就会有越走越累的感觉。"

"那有什么办法可以使它减轻吗？"青年问道。

"有。"哲人同答道，"但是这个问题得由你来回答，事业、爱情、父母、子女、朋友等等，这些你愿意丢掉哪些呢？"

青年张口结舌，半天也回答不上来。

哲人接着说道："我们篓子里装的不是负担，而是责任，并且是我们自愿放进去再也不想拿出来的责任。我知道，你之所以不想拿出来，是因为它们都曾给你并将继续给你无尽的欢乐与幸福。享受的时候，你不觉得沉重，怎么背着前行的时候，你反倒觉得沉重了呢？"

青年面红耳赤，一句话也说不出来。半晌，他才说道："关键是，我们这么努力地背着它们前行，有什么特殊意义吗？"

"当然有，"哲人再次回答他说，"你除了得到无价的幸福之外，还会有莫大的成就感。"

每个人都将背负一定的责任，且随着岁月的增加责任不断增多。如果把这些责任当成包袱，就会觉得它们非常沉重；反之，把它们当成胜利品或快乐的源泉，你就会觉得幸福。

偷面包的老太太

1935年时，正直的拉瓜迪亚正担任美国纽约市的市长。他有一个习惯：倾听百姓的心声。他经常同百姓交流，听取他们的意见；还经常走进法庭，参加旁听。

这一天，他又走进了法院，参加纽约法庭的旁听。他听到的是一桩有关偷盗的案子。

当指控者被带上法庭时，拉瓜迪亚发现那竟然是一位年近八旬的老妇人，只见她满头白发，形容枯槁，连牙齿都已经全部脱落了。拉瓜迪亚实在想不出她能触犯哪条法律。在法官的询问和充足的证据前，这位老太太认了罪，她承认自己偷了面包店的一块面包，然后便静静地低垂着头，等待着法庭的宣判。当法官最后一次询问她是否还有话说时，她满怀企盼地抬头看着法官说："我承认我自己有罪，可是我的孙子们的确需要这些面包，他们已经快饿死了。我有抚养他们的责任，所以我不得不去偷这些面包。"

公正的法官打断了老妇人的话："对您的遭遇，我深表同情，但是纽约州的法律是不容情的，即便您的家境非常困难，也不能免除对您的处罚。夫人，请您交纳100美元的罚款。"

这时候，一直在旁听席上沉默的拉瓜迪亚突然站起身来，手里举着100美元说道："请等一下，法官先生。应该惩罚的人是我，我身为纽约市市长，却让祖母靠偷东西来养活孙儿，在我的治辖下竟然发生了这种事情，对此，我深表愧疚。作为市长，我没有尽到我的责任，没有让我的市民过上幸福的日子。这100美元，就是我对此所认缴的罚金。同时，我请在座的各位也都交出1美元的罚金，之所以发生这样的事情，与我们的冷漠不无关系。请我们共同担负起我们的责任。"

人生箴言
RENSHENG ZHENYAN

拉瓜迪亚认为，国家的兴亡、贫富，身处其中的每一个人都应担负相应的责任。如果人人都能献出一点爱，这个世界就会变成美好的人间。正在学习阶段的我们，虽然还没有能力担负起如此重要的责任，但我们需要学习拉瓜迪亚勇于承担责任的精神和气魄。

一起拯救海星

　　大海刚刚退潮，渔民便发现自己七岁的小儿子不见了。他慌忙地跑出去寻找，害怕儿子出现意外。快到海边时，他看见儿子小小的身影正在海滩上一直一弯地跳舞。等到再走近些，他才看清楚儿子并不是在玩耍，而是在捡涨潮时被海水冲到沙滩上的海星，并且每捡到一个，儿子便颠着小脚丫把它送到海里去。

　　"你在干什么，儿子？"渔民大声喊道。

　　"我在拯救海星，爸爸。"儿子以稚嫩的声音回答道，然后冲爸爸做了一个表示有力量的动作。

　　"你为什么要这么做？"渔民奇怪地问。

　　"你看这些海星多可怜啊，它们被海水冲到岸上好久了。都快渴死了。"儿子一边抹汗一边回答爸爸。

　　"哦，我明白了。但是光这片海滩就有数不尽的海星，你这样一个一个地捡，得捡到什么时候啊？"渔民微笑着反问儿子。

　　七岁的小男孩愣愣地站在那里，显然他根本就没有意识到这个问题。

　　"快跟爸爸回家吧，这样做是没用的。"说完，渔民便拉起了儿子的小手。

　　没想到儿子却固执地甩开了父亲的手，说道："不，爸爸。最起码，这只海星可以活下来。"他摊开手，在他小小的掌心里，静静地卧着一只奄奄一息的小海星。

　　渔民愣住了，继而，他的眼睛里含满了亮晶晶的东西："你是对的，儿子。没错，最起码，这只海星可以活下来。来，我们一起拯救更多的海星。"说着，渔民便弯下腰，和儿子一样拯救起海星来。

RENSHENG ZHENYAN

　　虽然由于时间、能力等等有限，很多美好的事情我们都不能做到，但是，做一些力所能及的小事，改变其他人或事物的命运，不也是一种美好吗？一沙一世界，一花一天堂。并非只有惊天动地的大事情才能阐述世界的意义，体现人生的价值。改变命运，应从现在开始，从点滴开始。这其实也是我们的责任。

没有什么是"随便"

一天，青年报的一位记者前去采访罗斯福总统的夫人，当采访快要结束的时候，这位记者问出了这样一个问题："尊敬的夫人，您能给那些渴求成功的人特别是那些年轻的、刚刚走出校门的人一些建议吗？"

总统夫人先是谦虚地摇了摇头，说道："其实，我并没有什么成功的经验值得和年轻人分享。不过，在我年轻的时候，有一件事曾深深地影响了我。"然后她便回忆起自己年轻时候的一件事来。

几十年前，还不是罗斯福夫人的她尚在本宁顿学院念书。为了更好地锻炼自己，她决定边学习边做份工作，并且最好是在电信业，因为这不仅是她的兴趣所在，还可以让她顺便多修几个学分。于是，她让父亲帮自己联系一下。没过多久，父亲的朋友、美国无线电公司的董事长萨尔诺夫将军便约她前去见面。

当她单独见到萨尔洛夫将军时，对方直截了当地问她想干一份什么样的工作，并要求她说出具体工种来。可是当时的她却想：只要是电信业，任何工种我都喜欢。最后她回答："随便哪份工作都行！"

不想这句话却险些激怒了对面的将军，只见他立刻停下手中忙碌的工作，用严厉的目光打量起这个不知所措的年轻姑娘来，然后非常严肃地说道："年轻人，世界上并没有一类工作叫'随便'，成功的道路是用目标铺成的！"

顿时，她面红耳赤，但是这句发人深省的话却从此伴随了她一生，并时刻激励着她认真地去对待每一份新的工作。

"如果让我给那些渴求成功的人士一句忠告，那我就把这句话告诉大家吧。'世上没有一类工作叫随便，成功的道路是用目标铺成的。'确定好自己的目标，是我们的责任。"罗斯福夫人最后说。

人生箴言
RENSHENG ZHENYAN

世界上并没有叫"随便"的工作或学习，任何成功的道路是用目标铺成的。及时树立正确的目标和方向，是成功者的责任。如果有谁随随便便应对时间和生活，那他也必然会随随便便对付自己的人生，最终一无所成。

做好每一件事

　　学校自办报纸《校园新闻》刚一成立，十四岁的沃尔特便自告奋勇地报名当了小记者，因为他从小就对新闻非常感兴趣，做记者更是他的梦想。他自信能把这件事情做好。

　　为了表示对这份报纸的重视，学校从休斯敦市的某报社请来一位名叫弗雷德·伯尼的新闻编辑做兼职教师。弗雷德先生很敬业，他每周都会准时到沃尔特所在的学校讲授一节新闻课程，并指导《校园新闻》报的编辑工作。

　　有一次，弗雷德先生指定由沃尔特负责，采写一篇关于学校田径教练卡普·哈丁的文章，沃尔特很高兴地答应了。由于当天有一个同学聚会，他没有充足的时间去完成稿子，最后敷衍了事，随便写篇稿子就交了上去。

　　第二天，弗雷德先生把小沃尔特单独叫进了办公室，指着那篇文章说道："孩子，这篇文章很糟糕，你根本没有问他你应该问的问题，也没有对他作全面的报道，你甚至连他是干什么的都没有搞清楚。"

　　顿时，小沃尔特面红耳赤，尴尬万分。

　　这时，弗雷德又说了一句令他终生难忘的话："你应该记住一点：如果你认为有什么事情值得去做，就得把它做好，这是你的责任。"

　　这件事算不得什么大事，很快就过去了，但是弗雷德先生说的那句话却足足影响了沃尔特的一生。在此后70多年的新闻职业生涯中，他始终牢记弗雷德先生当年的教诲，对新闻事业忠贞不渝。正因为这种负责任的工作态度，他最后成了美国著名的电视新闻节目主持人——沃尔特·克朗凯特。

人生箴言
RENSHENG ZHENYAN

　　如果有什么事情值得去做，你一定得把它做好。如果连值得做的事情都做不好，你还能做成什么事呢？又有谁肯给你做事的机会呢？

饱满的谷穗总低着头

有真才实学的人往往虚怀若谷、谦虚谨慎；不学无术、一知半解的人，却常常骄傲自大、自以为是、好为人师。谦虚是一种美德，是进取和成功的必要前提。

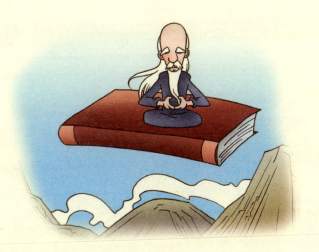

将军和士兵

　　乔治·华盛顿总统是美利坚合众国的第一任总统。他向来以诚实、热情、平易近人著称。曾和他接触过的人，都会被他的人格魅力所感染。

　　有一天，华盛顿穿着一件过膝的旧大衣独自走出了营地，他打算到军营里视察一下。由于无法看见他肩膀上的军衔章，所以来来往往的士兵们没有一个人认出他来。华盛顿在营房里慢慢地巡视着，检查一下库房，巡视一下军火库，感到非常满意。

　　"加把劲！快点！伙计们！再加把劲就完成了！"不远处传来了一阵吆喝声，华盛顿闻声望去，发现是一位下士在带领着手下四个士兵们筑堡垒。士兵们正抬着一块巨大的石块往指定位置上放，但由于石块太重，他们用尽了力气也未能使其摆正。眼看着那个大石块就要滚落下来了，身穿制服的下士还站在一边背着手吆喝，没有丝毫上前帮忙的意思。

　　大石块晃了几晃，马上就要落下来了。情况危急，顾不上多想的华盛顿迅速跑过去，用他强劲的臂膀顶住了石块，大石头没有落下来。靠着这及时的援助，士兵们终于顺利完成了这一任务。

　　"你为什么光空喊'加把劲'，却把自己的双手背在身后？你难道看不出，刚才石头马上就掉下来了，情况很危险，只要你伸出援助之手，帮助士兵们托一下，任务会完成得很容易吗？"华盛顿皱着眉，质问那位骄傲的下士。

"你问我？"下士很不满地斜视着华盛顿，"难道你看不出我是这里的下士吗？我的工作是指挥他们，而不是自己动手去干活，明白吗？你是什么人，大兵！"说着，他掸了掸自己的肩章。

"哦，你是这里的下士，这倒是真的。"华盛顿慢慢解开了大衣纽扣，向这位骄傲的鼻孔朝天、倒背着手的下士露出了自己的军装，"按衣服上的军衔看，我是这里的上将。不过下次再抬重东西时，请你一定要叫上我，我的下士！我非常乐意为你效劳！"

可以想象，当那位下士看到站在自己面前的，竟然是大名鼎鼎的华盛顿上将时，他会是多么的羞愧。

越是小人物，就越容易自以为是；越是大人物，就越是平易近人。那些自视甚高、骄傲自满的人，往往并没有什么了不起。只有谦虚的人才能受人尊重。

马车越空，噪声就会越大

  大哲学家黑格尔有一段著名的回忆录，那是一件在他很小的时候发生的事。事情虽小，但给黑格尔留下了深刻的印象，可以说这件事足以影响到黑格尔的一生。

  有一天上午，吃过早饭后，父亲带着十来岁的黑格尔，一起到自家附近的林间漫步，黑格尔很高兴地答应了。其实这处林子黑格尔经常来玩，对这里相当熟悉，但由父亲带领自己来玩，还是第一次。父子两个人在树林里有说有笑，非常的快乐。黑格尔一会快速在草地上奔跑，一会去追逐飞舞的蝴蝶。

  当来到一个拐弯处时，父亲忽然停了下来，然后把食指竖在嘴边"嘘"了一下，示意黑格尔不要出声，好像要儿子注意听什么似的。短暂的沉默之后，父亲问道："仔细听，你刚才听到了什么？"儿子说："我听到了小鸟的歌唱。"

  父亲又问儿子道："除了小鸟的歌唱外，你刚才还听到了什么？"

  儿子又静静地听了几秒钟后才回答父亲："我好像还听到了马车的

声音。"

"没错，亲爱的。"父亲高兴地接着说道，"确实是一辆马车的声音，而且是一辆空马车跑过的声音。"

"空马车？"儿子惊讶地重复着，"爸爸，我们又没看见，你怎么会知道那是一辆空马车呢？"

父亲答道："这其实很简单，你仔细地辨别一下。从声音就能轻易地分辨出那是不是空马车。马车越空，噪声就越大。装满货物的马车，发出的声音是很厚重的。人也一样，越是没有内涵的人，他的外表往往越张扬。记住了吗？"

这句话犹如火炬般点燃了小黑格尔心中谦逊的种子，并且影响了他长长的一生。多年之后，当初的小男孩已经长大成人了，可是，每当他看到口若悬河、粗暴无礼地打断别人谈话的人，或者是自以为是、目空一切以及随意贬低他人的人时，父亲那句关于"空马车"的话，都会再次回响在他的耳边，"马车越空，噪声就会越大"。

后来黑格尔之所以能够成长为影响整个人类世界的大哲学家，与他的父亲对他的这句教导一定有着重要的关系。

人生箴言
RENSHENG ZHENYAN

"饱满的谷穗总是低着头的。"谦虚不是能力的体现，而是一种美德。哗众取宠、骄傲自满多是肤浅无德的象征，须知越是空马车，噪声就越大。人也是如此。

烤薯片的来历

　　现在，烤薯片作为常见食品，已遍布世界的各大超市。烤薯片以其独有的口味引来了大量的购买者，深受各种年龄的人喜欢。然而，你可知道，这种种口味的烤薯片，当初是如何被制作出来的吗？其实是一个叫乔治的厨师，在客人不断地要求下才做出的。

　　乔治，在纽约郊外著名的卡瑞月湖度假村工作，在这里他是一名出色的厨师，他做的饭菜非常美味。经常有许多有钱人到这边度假，缓解城市的紧张生活，顺便品尝一下这里的美味。

　　一个很平常的周末，乔治正在厨房里忙碌，服务生端着一个盘子走进厨房对他说："乔治，有位客人点了这道油炸马铃薯，不过他抱怨，马铃薯切得太厚了，让厨师重新处理一下。"乔治看了一下盘子，这道菜跟以往的油炸马铃薯并没有什么不同啊！以前，从来也没有客人抱怨过切得太厚啊。这位客人的口味真是与众不同啊，但他还是重新将马铃薯切薄些，重做了一份请服务生送去。

　　几分钟后，服务生又端着盘子气呼呼走回厨房，他对乔治说："我想那位挑剔的客人一定是生意上遭遇困难，然后将气借着马铃薯发泄在我身上，他对我发了顿牢骚，还是嫌切得太厚了。还要投诉咱们，真是气死我了！"

正在厨房里忙碌的乔治也很生气，他从没见过这样的客人！他最终还是忍住脾气，静下心来，耐着性子将已经很薄的马铃薯，切成更薄的片状，之后放入油锅中炸成诱人的金黄色，捞起放入盘子后，又在上面洒了些盐，然后请服务生再送过去。

没多久，服务生仍是端着盘子走进厨房找乔治，但这回盘子里空无一物。服务生笑着对乔治说："亲爱的乔治，你知道吗？客人满意极了，连连夸赞说这辈子从没吃过这么好吃的炸马铃薯，同桌的其他客人也都赞不绝口，他们还要再来一份。"

这道薄薄的炸马铃薯从此之后成了乔治的招牌菜，吸引许多人慕名前去品尝。这道菜慢慢地又被发展成各种口味，今天已经是地球上不分地域人种都喜爱的休闲零食。

RENSHENG ZHENYAN

生活中，如果我们在面对别人的指责和批评时，保持自己的冷静和虚心，认真分析他人提出的意见，或许就可以在这些意见中，找到提升自己的养分。

三次拾鞋的张良

　　张良是汉高祖刘邦的谋臣，秦末汉初时期杰出的军事家、政治家，汉王朝的开国元勋之一，"汉初三杰"（张良、韩信、萧何）之一。他以出色的智谋，协助汉高祖刘邦在楚汉之争中最终夺得天下。待大功告成之后，张良及时功成身退，避免了像韩信、彭越等鸟尽弓藏的下场。张良在去世后，谥为文成侯，此后世人也尊称他为谋圣。

　　张良年轻的时候很爱学习，读了许多书，可是他老觉得自己学的东西很少。他总是感觉，要是能跟着一位老师学那该多好呀。有一天，张良出去散步，一边走一边还在想：我上哪儿去找老师呀！走着走着，张良来到一座石桥跟前，抬起头来一看，桥上坐着一位老公公，白头发、白眉毛、白胡子，身穿着一件黄颜色的大袍子。他跷起了一只脚，穿着鞋子，没拔上鞋跟。他的脚一晃一晃，啪哒，鞋子掉到桥下去了。

　　老公公说："小伙子，下去把我的鞋拾起来。"张良挺不乐意，心里想：我又不认识你，干吗给你拾呀？可是他再一想：老公公这么大年纪了，自己去拾鞋子，该多累啊。他想到这里，就跑到桥下去，拾了那只鞋子回来，交给老公公。哪里知道，老公公没有伸手来接，只把脚一跷，说："给我穿上。"张良先是一愣，最终还是帮老公公把鞋子穿上了。但刚刚穿上鞋，老公公又把鞋掉下了桥，张良只得再去拾。就这样，重复了三次。当张良最后一次把鞋拾上来的时候，老公公摸摸胡子笑了，站起来大摇大摆地走下桥去。

老公公在前面走，张良在后面跟。老公公回过头来，对张良说："你是好样的。我很乐意教你点本领。"张良一听，心里乐坏了，赶紧走上前去行了一个礼，说："请您做我的老师，我一定用心学习。""好吧！五天以后，你一早在那座石桥上等我。"到了第五天，张良一早起来，跑到石桥跟前一看，老公公已经在石桥上了。

老公公说："小伙子，你迟到了！你应该在这儿等我，怎么反而让我这老人等你呢？你回去，过五天再来。"又过了五天以后，张良一听到公鸡喔喔叫就起了床，急急忙忙往石桥跑去，但他又迟到了。老公公挺生气说："你怎么又迟到了？过五天再来。"说完话，转过身子就走了。在第四天的晚上，张良躺在床上，身子翻来覆去地睡不着，他看看窗外的月亮，发现这时候刚刚过了半夜。他怕再迟到，于是就一骨碌爬了起来跑到了石桥上去，一看，老公公还没有来，这才松了一口气。

张良恭恭敬敬地站在石桥上，一直等到天快亮的时候，看见了一个人影子，慢慢地朝石桥上走来，真是那位老者。老公公看看张良，点点头，笑眯眯地说："你真心诚意想学习，是个好小伙子。"说着，拿出一沓书来，交到了张良的手里，对他说："这些书，你用心去读吧！书会使你变得更聪明，更能干。"这位老公公叫黄石公。张良用心学习这些书，学到了许多本领，后来成为一位有名的军事家。

人生箴言
RENSHENG ZHENYAN

任何一个著名的历史人物，他们的成功都是有原因的。张良因为他的谦虚、恭敬，得到了高人的教授，成了著名军事家。可见，谦虚对于求学者来说，是多么重要。正在学习的我们，应该怎么做呢？

百步穿杨的故事

　　春秋战国，楚国有个著名的射箭手，名叫养由基。此人年轻时就勇力过人，练成了一手好箭法。在当时，楚国还有一个名叫潘虎的勇士，也擅长射箭。两个人都知道对方的大名，但却从未有机会比试一下，谁的箭法更高强。

　　这一天，两人约在场地上比试射箭，许多人都闻声来围观。比试用的靶子设在五十步外，那里撑起一块板，板上有一个红心。潘虎拉开强弓，一连三箭都正中红心，博得围观的人一片喝彩声。潘虎自己也很是满意，于是洋洋得意地向养由基拱拱手，说道："箭法一般，让你见笑了。请你赐教吧！"养由基环视一下四周，说："射五十步外的红心，目标太近、太大了，还是射百步外的柳叶吧！"说罢，他指着百步外的一棵杨柳树，叫人在树上选一片叶子，涂上红色作为靶子。接着，他拉开弓，"嗖"的一声射去，结果弓箭正好贯穿在这片杨柳叶的中心。在场的人都惊呆了，潘虎自知没有这样高明的本领，但又不相信养由基箭箭都能射中柳叶，便走到那棵杨柳树下，选择了三片杨柳叶，在上面用颜色编上号，请养由基按编号次序再射。

　　养由基向前走了几步，看清了编号，然后退到百步之外，拉开弓，

"嗖""嗖""嗖"三箭，分别射中三片编上号的杨柳叶。这一来，喝彩声雷动，潘虎也口服心服，来到养由基跟前，说道："你的箭法比我高太多了，我心服口服。以后楚国只有你配得上'神箭手'这个称号了。我甘拜下风！"

就在一片喝彩声中，有个人在养由基身旁冷冷地说："喂，有了百步穿杨的本领，才可以向我学习射箭的本事！"养由基听这个人口气这么大，不禁生气地转过身去问道："你准备怎样教我射箭？"那人平静地说："我并不是来教你怎样弯弓射箭，而是来提醒你该怎样保持自己名声。你是否想过，一旦你力气用尽，只要一箭不中，你那百发百中的名声就会受到影响。一个真正善于射箭的人，应当注意保持名声！时刻保持自己谦虚谨慎的作风！"养由基听了这番话，觉得很有道理，再三向他道谢。

后来，养由基虽然名镇天下，但始终谦虚好学，得到了世人乃至敌人的尊重。

人生箴言
RENSHENG ZHENYAN

养由基具有百步穿杨的本领，尚且如此谦虚，我们是不是也应该向他学习呢？在日常的学习生活中，抓紧时间改掉骄傲自满的坏毛病。保持谦虚，才是不断进步的基础。

骄傲的孔雀

郊区的公园刚刚引进了一只漂亮的孔雀，它拥有华美的羽毛和优雅的身姿。当地的游人们常常到那里去围观它、赞美它，人们都围在那里等待着"孔雀开屏"。每当这只孔雀开屏的时候，人们的赞美之声不绝于耳。"哇！太漂亮了！""这是我见过的最美丽的动物！"孔雀听了人们的赞美，非常高兴。久而久之，这只孔雀变得非常的骄傲，它真的认为自己是一只完美的动物。

有一天，孔雀自言自语地说："你们的毛都比不上我的毛，你们的毛太丑了。我的羽毛啊，真是太美丽了！"这话恰好被小兔子听见了，小兔子便走过来说："孔雀，你真的认为谁也比不过你吗？"孔雀说："当然了，你看我身上的羽毛多漂亮啊！瞧！公园里有好多人来看我哦！他们却看也不看你们一眼。这难道还不能说明问题吗？"孔雀边说边抖动身上的羽毛，得意极了。

小兔子笑了笑，温柔地说："事物美不美，不能只看它的外表，还得看它是否对别人有用！如果一件事物没有丝毫的实用价值，那它再美丽也是没有用的，它的美也只能是暂时的。比如我们兔子的皮毛吧，虽然比不上你羽毛的美丽，但我们还可以给人们做棉衣。你身上的羽毛只是美丽、漂亮，却没有实用，不信咱们走着瞧吧！"

　　转眼之间，寒冷的冬天来到了，刺骨的寒风吹得人们瑟瑟发抖，多亏小兔子身上的毛给人们做的棉衣，让人们感觉到了温暖。人们来到公园里，抱着小兔子说："谢谢你小兔子！是你身上的毛给我们做了暖和的棉衣，我们不冷了。"小兔子微笑着说："这是我应该做的。"人们激动地抱起小兔子。就在此时，孔雀走过来见此情景，马上就满脸的不高兴。小兔子一看，赶紧对它说："你怎么了，孔雀？到我家坐坐吧！"孔雀没有回答，低着头走开了。孔雀边走边想："我只是外表好看，却没有给人们带来实际用处。"它心里难过极了！从此以后，这只骄傲的孔雀再也不那么孤傲了！

人生箴言
RENSHENG ZHENYAN

　　孔雀的美丽经不起实用的考验，所以孔雀再也不具备骄傲的资本。我们也要吸取孔雀的教训，牢记"谦虚使人进步，骄傲让人后退"这句话。

落水的博士

　　有一个刚刚毕业的博士，被分到一家科学研究所里工作，成了这个所里学历最高的一个人。这位博士非常骄傲，总认为自己的学历最高，自己是最聪明、知识最渊博的，所以他一直瞧不起自己的领导和同事们。一天，这位骄傲的博士拿着渔具，到单位后面的小池塘去钓鱼，正好研究所的正副所长一左一右，也在钓鱼，两个人很认真地盯着水面，神情十分专注。

　　"哼，别看他们官职高，听说他俩也就是本科生学历，有啥好聊的呢？根本没有共同语言嘛！"这么想着，他只是朝两人微微点了点头，便在旁边坐了下来，开始钓鱼。

　　不一会儿，正所长放下钓竿，站了起来，伸伸懒腰，"蹭蹭蹭"从水面上如飞似的跑到对面上厕所去了。博士恰好看到了这一切，眼睛睁得都快掉下来了，看着这不可思议的一幕，他自言自语道："怎么过去的？我在做梦吗？水上漂？不会吧？这可是一个池塘啊！"正想着呢，正所长上完厕所回来了，同样也是"蹭蹭蹭"地从水面上飘回来的。

　　"怎么回事？"博士生刚才没去打招呼，现在又不好意思去问，自己是博士生哪！自己去问他们，多丢人啊！

过一阵，副所长也站起来，放下钓竿，也迈步"蹭蹭蹭"地飘过水面到对岸上厕所了。

这下子更是把博士吓坏了，他惊讶得差点昏倒，"不会吧，这个研究所是一个江湖高手云集的地方吗？没有道理啊！"他百思不得其解，但又不愿谦虚地去向两位所长请教。

过了一会，博士生也感觉需要上厕所。这个池塘两边有围墙，要到对面厕所非得绕十分钟的路，而回单位的厕所又太远，怎么办呢？

博士生也不愿意去问两位所长，憋了半天后，想："他俩能水上漂，肯定不是因为他们会功夫，而是水有问题！想必我也一定可以！"于是他也起身往水里跨，心想："我就不信这本科生学历的人能过的水面，我博士不能过！"

只听"扑通"一声，博士栽到了水里。

两位所长吓了一跳，赶紧将他拉了出来，问他为什么要下水，他反问道："为什么你们可以走过去，而我就掉水里了呢？"

　　两位所长相视一笑，其中一位说："这池塘里有两排木桩子，由于这两天下雨涨水，桩子正好在水面下。我们都知道这木桩的位置，所以可以踩着桩子过去。你不了解情况，怎么也不问一声呢？"

　　任何人都不喜欢骄傲自大的人，这种人在与他人合作中也不会被大家认可。你可能会觉得自己在某个方面比其他人强，但你更应该将自己的注意力放在他人的强项上，只有这样，你才能看到自己的肤浅和无知。

RENSHENG ZHENYAN

　　谦虚可以使你永远把自己置于学习的地位，并有助于你发现他人的优点；但是，谦虚绝不是通常意义的客套与虚伪，也不是遇到困难时的退缩与推诿，更不是所谓的韬光养晦、深藏不露。你必须知难而进、当仁不让，决不能把谦虚作为推卸责任的借口。

马谡失街亭

　　三国时期，蜀国丞相诸葛亮平定南中之后，又经过两年准备，于公元227年冬天，带领大军驻守汉中。因为汉中接近魏、蜀的边界，在那里可以随时找机会进攻魏国。

　　过了年，诸葛亮采用声东击西的办法，传出消息，要攻打郿县，并且派大将赵云带领一支人马，进驻箕谷，装出要攻打郿县的样子。魏军得到情报，果然把主要兵力去守郿县。诸葛亮趁魏军不防备，亲自率领大军，突然从西路扑向祁山。

　　蜀军经过诸葛亮几年严格训练，阵容整齐、号令严明，士气十分旺盛。自从刘备死后，蜀国多年没有动静，魏国毫无防备，这次蜀军突然袭击祁山，守在祁山的魏军抵挡不了，纷纷败退。蜀军乘胜进军，祁山北面天水、南安、安定三个郡的守将都背叛魏国，派人向诸葛亮求降。那时候，魏文帝曹丕已经病死。魏国朝廷文武官员听到蜀国大举进攻，都惊慌失措。刚刚即位的魏明帝曹叡比较镇静，他命令右将军张郃监管军务，还亲自到长安去督战。

　　诸葛亮到了祁山，决定派出一支人马去占领街亭作为据点。让谁来带领这支人马呢？当时他身边还有几个身经百战的老将，可是他都没有用，单单

看中参军马谡。

　　马谡这个人确实读了不少兵书，平时很喜欢谈论军事。诸葛亮找他商量起打仗的事来，他就谈个没完，也出过一些好主意，因此诸葛亮很信任他。马谡和王平带领人马到了街亭，张郃的魏军也正从东面开过来。马谡看了地形，对王平说："这一带地形险要，街亭旁边有座山，正好在山上扎营，布置埋伏。"

　　王平提醒他说："丞相临走的时候嘱咐过，要坚守城池，稳扎营垒。在山上扎营太冒险。"马谡没有打仗的经验，自以为熟读兵书，根本不听王平的劝告，坚持要在山上扎营。王平一再劝马谡没有用，只好央求马谡拨给他一千人马，让他在山下临近的地方驻扎。

　　张郃率领魏军赶到街亭，看到马谡放弃现成的城池不守，却把人马驻扎在山上，暗暗高兴，马上吩咐手下将士，在山下筑好营垒，把马谡扎营的那座山围困起来。马谡几次命令兵士冲下山去，但是由于张郃坚守住营垒，蜀军没法攻破，反而被魏军乱箭射死了不少人。

　　魏军切断了山上的水源。蜀军在山上断了水，连饭都做不成，时间一长，自己先乱了起来。张郃看准时机，发起总攻。蜀军兵士纷纷逃散，马谡要禁也禁不了，最后只好自己杀出重围，往西逃跑。

　　王平带领一千人马，稳守营盘。他得知马谡失败，就叫兵士拼命打鼓，装出进攻的样子。张郃怀疑蜀军有埋伏，不敢逼近他们。王平整理好队伍，不慌不忙地向后撤退，不但一千人马一个也没损失，还收容了不少马谡手下的散兵。

　　街亭失守，蜀军失去了重要的据点，又丧失了不少人马。诸葛亮为了避免遭受更大损失，决定把人马全部撤退到汉中。诸葛亮回到汉中，经过详细查问，知道街亭失守完全是由于马谡违反了他的作战部署。马谡也承认了他的过错。诸葛亮按照军法，把马谡关进了监狱，定了死罪。

　　诸葛亮认为王平在街亭曾经劝阻过马谡，在退兵的时候，又用计保全了人马，立了功，应该受奖励，就把王平提拔为参军，让他统率五部兵马。诸葛亮对将士们说："这次出兵失败，固然是因为马谡违反军令。可是我用人不当，也应该负责。"他上了一份奏章给刘禅，请求把他的官职降低三级。

人生箴言
RENSHENG ZHENYAN

马谡失街亭的故事几乎家喻户晓。骄傲自满的马谡不仅破坏了诸葛亮的进军计划，也最终失去了自己的性命，这就是骄傲的后果。我们应该从故事中吸取教训，无论生活还是学习，都应该谦虚谨慎。